妖怪博士

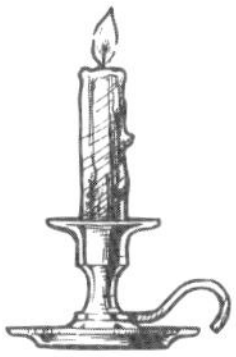

江戸川亂步
徐奕譯

國家圖書館出版品預行編目資料

妖怪博士／江戶川亂步著；徐奕譯.－－初版二刷.－
－臺北市：三民，2021
　面；　公分.－－(少年偵探團)

ISBN 978-957-14-6620-0（平裝）

861.59　　108005369

少年偵探團

妖怪博士

作　　者　江戶川亂步
譯　　者　徐　奕
封面繪圖　徐　蓉

發 行 人　劉振強
出 版 者　三民書局股份有限公司
地　　址　臺北市復興北路 386 號 (復北門市)
　　　　　臺北市重慶南路一段 61 號 (重南門市)
電　　話　(02)25006600
網　　址　三民網路書店 https://www.sanmin.com.tw

出版日期　初版一刷 2019 年 5 月
　　　　　初版二刷 2021 年 8 月
書籍編號　S858850
I S B N　978-957-14-6620-0

※本書中文譯稿由上海九久讀書人文化實業有限公司授權使用

目錄

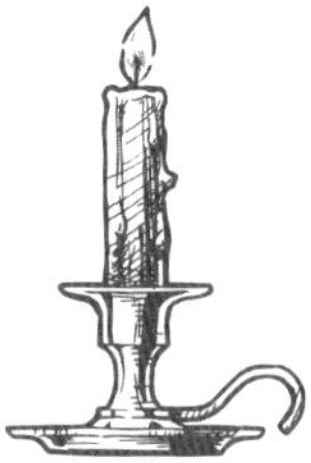

—奇怪的老人—

這是一個星期日的傍晚，春季的天空覆蓋著厚厚的白雲，陰沉而悶熱。一個大約十二、三歲的可愛小學生獨自走在麻布六本木附近一條靜僻的巷子裡，他一邊走一邊吹口哨。這位少年名叫相川泰二，小學六年級。今天他去附近的朋友家玩，這會正朝同樣位於麻布笄町的自己家回去。巷子的兩側是別人家宅院的長圍牆，還有屬於神社的樹林，平時來往的人就不多。今天不知什麼原因顯得更加冷清，乾淨的柏油路筆直地通向巷子的另一端，路上一個人影也沒有。天色陰暗又接近黃昏，泰二莫名地有種不安的感覺。他嘴裡吹著口哨，或許也就是為了掩飾這分不安。

泰二快步走著，正準備在路口轉彎時，卻突然停下了腳步，口哨也不吹了，好像看到了什麼。就在前方二十公尺的路中央，一個怪模怪樣的老人正蹲在地上。老人長得就像歐美電影中常出現的乞丐一樣，一頭亂蓬蓬的白髮已經很久沒有修剪了，花白的落腮鬍遮住了整張臉。身上穿著撿來的破衣服，腳上套著一雙破舊的鞋。這個乞丐似的老頭正蹲在路中央，用粉筆在地上寫字。

泰二覺得老人行為很古怪，就躲在街角偷偷地觀察著。只見老人寫完後站起身，形跡可疑地四下張望，又向路的另一頭走去。老人走後，泰二來到他剛才寫字的地方，看了看柏油路上寫的字，那地上畫了一個直徑八公分的圓圈，圓圈裡寫著十字，十字一橫的頭上標示著箭頭。

年紀這麼大的人還這樣惡作劇，難道是瘋子嗎？泰二心裡想著，又看了一眼老人遠去的背影。猜猜發生了什麼？老人蹲在下個路口，跟剛才一樣往地上寫了什麼。他走了之後，泰二再跑去看，果然仍是圓圈裡畫著十字，十字的一橫上有一個表示方位的箭頭。

「奇怪，難道老頭在計畫什麼陰謀？他用邊走邊畫暗號的方法向同夥傳遞資訊？」泰二不得不產生懷疑。「好吧，那我就跟在後面看個究竟。」泰二暗下決心，小心翼翼地跟蹤起老人來。

各位讀者，也許你們覺得很奇怪，像泰二這樣一個小學生為什麼會模仿偵探去跟蹤別人呢？事實上，這是有原因的。讀過《怪盜二十面相》和《少年偵探團》的讀者應該知道名偵探明智小五郎的助手小林芳雄和十名小學生組成了一個少年偵探團，小林是他們的團長。而這個相川泰二也是少年偵探團裡的一員。因此只要遇見疑似犯罪的事，他很自然就想去揭開祕密。

泰二悄悄地跟在老人身後，老人並沒有察覺，只顧著向靜僻的巷子走去。奇怪的是老人每經過一個路口都會蹲下身子，一邊留心周圍的情況，一邊拿粉筆在地上畫同樣的記號。

「老頭確實可疑，他每過一個路口就做一次記號，一定是為了給同夥指路。」泰二越來越想探個究竟。

老人和泰二彎了五條街，也就是做了五個記號。第六個記號並沒有繼續畫在路口，而是畫在了一幢洋房的門前。泰二以前沒有來過這，這棟房子也是頭一次見。不過這房子老舊的讓人懷疑它是否屬於這個年代，反而像上個世紀西方故事中出現的房子一樣：長長的紅磚圍牆，爬著青苔的石門，一扇藤蔓花紋的鐵門。院內是一棟兩層的紅磚小樓，三角形的屋頂上矗立著四方形的舊式壁爐煙囪。窗子很小、數量也不多，想必屋內一定光線昏暗，非常陰森。

泰二躲在圍牆後面監視著老人，只見他蹲在石門前面，很認真地在地上畫著記號。畫完之後，老人站起身來，謹慎地環視了一下四周，接著向鐵門走去，他將藤蔓花紋的鐵門推開一條縫隙，咻地鑽了進去。

「越來越可疑了。一個乞丐模樣的髒老頭怎麼可能住這麼高級的房子？他可能是溜進去偷東西了，或者還有更大的陰謀。」泰二越想越擔心，快步跑到門前，從鐵門的縫隙處往裡頭看。

結果不出所料，老人果然形跡非常可疑。他轉到房子右側，爬上了窗戶，準備偷偷潛入屋內。「天啊，他要幹什麼？」就在泰二不知所措時，老人已經從窗子爬了進去。他到底去屋裡幹什麼呢？真叫人擔心。當然，報警是最佳選擇，可是在跑到最近的警察局之前，他的陰謀就得逞了該怎麼辦？「對了，我按門鈴通知一下房子主人。」泰二下定決心後，躡手躡腳地打開大門向房子走去。門鈴在門口的柱子上，他踮起腳尖拼命地按下門鈴。然而，無論他怎麼按都沒有人出來應門。或許是門鈴壞了吧，他想。他推了推房門，門鎖著，紋絲不動，主人好像不在家。

泰二想轉身向門外求救，可是路上一個行人也沒有。他左右為難，總不能就這麼看著壞人肆意妄為吧？不能丟大名鼎鼎少年偵探團的臉啊。實在沒辦法了，儘管覺得屋內有些陰森，泰二還是決定到老人進屋的窗口去看看。為了不讓對方發現，他彎著身子放輕腳步，好不容易來到窗下。

但是想站起身卻需要很大的勇氣。如果那老人正在窗邊，不幸被發現了，他可能馬上就會撲過來。只是這樣倒也還好，如果他手裡有刀槍那就糟了。想到這裡，泰二覺得即便只是往窗裡偷看一眼，也是有風險的。

泰二心臟怦怦跳，動作慢得像蝸牛似的，一點一點，小心再小心。他從窗邊抬起了頭，經過一番努力，終於看見窗內的一點情況。這一看不要緊，泰二臉色陡然大變，眼珠子都快掉出來了。怎麼回事？他一定是看到什麼可怕的景象了。

屋裡到底發生了什麼？莫非那個怪老頭剛好一臉「我正等著你呢」的表情，往窗外看著嗎？

—美少女—

這間房可能是客廳，正中間有一張桌子，四周擺著幾張奇怪的椅子。屋裡是有些陰森，但還不至於看不清楚室內。泰二匆匆忙忙地環視了一下室內，卻沒有發現剛才的那個老人。可是，他發現桌腳處有一個比老人更令人吃驚的東西。

那東西色彩鮮豔，就像在暗室裡的玫瑰。那是一位美麗的少女，大約十六、七歲，身上穿著絢麗漂亮的洋裝，美得就像一幅圖畫。

不過，泰二並非是被少女的美貌所震驚，而是被她的慘狀嚇到了。少女的手腳被粗繩連同衣服緊緊地捆綁著，口中還塞著白布。「一定是那個壞老頭幹的壞事！」泰二想到這裡情緒激動起來，漂亮的少女看起來實在太可憐了，少年不禁義憤填膺，暗忖哪怕與那糟老頭一決勝負，也得把少女救出來。

正對著泰二的房門開著，另一頭則是長長的走廊，沒有老頭的身影。他一定是先把獨自看家的少女綁起來之後，就去屋裡偷東西了。

「好吧，就讓我來救姐姐吧，一會我再跟姐姐拿房門鑰匙，把老人鎖在屋裡，再去報警。」泰二下定決心，接著就攀上了窗臺，用在學校裡學過的體操技巧，縱身一躍跳進了屋內。他三兩步就跑到了少女面前，從口袋掏出小刀，割斷了繩子。「你醒一醒，我是來救你的。」他一邊呼喚少女、一邊幫她解開了綁在手腳上的繩子。奇怪的是儘管身上的繩索都已解開，少女仍像石頭般一動也不動。難道是暈過去了？泰二搖晃著她的肩膀：「你醒一醒，醒一醒啊。」少女依然沒有反應。不，她不僅沒有反應，觸感也很奇怪，應該柔軟的肩膀，竟然又硬又冷。泰二不禁打了一個冷顫，這位姐姐似乎已經死了！因為觸感十分僵硬，泰二想起好像在書裡看過這樣描寫死去的人。

泰二不知如何是好，但既然繩索已經解開，乾脆把她嘴裡的布團也拿掉吧，泰二移動到少女面前準備取走塞在她嘴裡的布團。

仔細地打量了少女的臉，泰二這下更是大吃一驚，到底怎麼回事？他發現這個讓他膽顫心驚，一心想解救的少女竟然不是真人，而是一個做工精細的蠟像，被人捆住手腳，堵上嘴巴，放倒在地。

究竟是誰幹的怪事？目的又是什麼呢？剛才那個怪老頭應該不會故意去綁一個蠟像，在老頭進來之前，蠟像一定就已經被綁住了。

蠟像躺在地上，那明亮的玻璃眼珠始終注視著泰二，真是一張栩栩如生的臉啊，和櫻井家的姐姐一模一樣。

泰二不由得害怕起來，他像中了魔法，又好像做了一場惡夢，這種感覺非常奇怪。剛才的怪老頭又到哪裡去了？已經過了十分鐘，老頭卻沒有任何回來的跡象。泰二不禁心裡發毛，好像自己被孤零零地遺棄在這幢又老又暗的大房子裡了。

過了好長一段時間，泰二彷彿失去了思考的能力，只是呆呆地站著，等到他回過神來，屋裡已經漆黑一片了。

「唉呀。」當他回頭往身後看時，發現剛才那扇唯一開著的窗戶不知什麼時候，被人用一扇結實的鐵製百葉窗牢牢封住了。因為百葉窗擋住了室外的光線，屋裡才一片漆黑。泰二吃了一驚趕緊跑到窗口，試圖用兩隻手把百葉窗推開，可是不管他怎麼推、怎麼拉，窗戶就是文風不動。

這到底是什麼鬼房子，在外面看的時候就覺得它陰森森的，屋子裡還有一個少女蠟像被綁著，明明沒有人，窗子卻自動安裝上百葉窗。難道這屋子鬧鬼？

泰二被關在漆黑的房子裡，如果想出去就必須穿過走廊，也許怪老頭正等在那裡陰險地笑著呢。

泰二有些走投無路了，但這麼跟少女蠟像一起待在黑屋子裡也不是辦法。他心裡怕得要命，因為少女蠟像做得太逼真了，總讓人覺得她隨時會從黑暗中站起來，實在坐立難安。泰二心想，哪怕遇到怪老頭也比待在這裡好，於是下定決心離開這個房間，向走廊走去。他戰戰兢兢地環視四周，並沒發現老人。整個屋子鴉雀無聲，簡直是座空城。

走廊彎成一個直角，到處都有房門。每扇門都從裡面反鎖，怎麼轉門把也打不開，淨是些打不開的古怪房間。泰二拼命按捺情緒，不讓自己哭出來。終於來到走廊盡頭的房間門口，仔細一看，只有這個房間的門虛掩著，一想到「也許裡頭有人」，泰二又害怕了起來。門鎖著有鎖著的恐懼，門開著又有開著的可怕。

但現在不是躊躇退縮的時候了。泰二深吸一口氣，鼓起勇氣，這才偷偷地向虛掩的門內看去。

蛭田博士

泰二看了看屋內，首先令他驚訝的是裡頭的寬敞和華麗。房內四面擺放著高至天花板的書櫥，全是燙金字的外文書整整齊齊的排列著，四個角落還矗立著約成人身高石膏像，個個莊嚴典雅。眼前右手邊的這位，泰二似乎在哥哥的西洋史課本插圖上見過，好像是古希臘詩人索福克勒斯◢的雕像。另外三位應該也是一些不亞於他的古代偉人吧，泰二對他們不太熟悉。

房裡有一張兩公尺長的大書桌，背靠書櫥，桌腳雕刻著花紋，茶色中略帶著黑，是泰二從沒見過的高級書桌。桌面光潔如明鏡，倒映著整個書櫥。書桌的另一側坐著一個人，他低著頭，伏在桌上寫著什麼。從他背對著泰二的後腦勺白髮量判斷，應該是一位上了年紀的老人，和剛才的怪老頭完全不同，大概有些身分，身上穿著類似將軍寬大斗篷似的西服。

◢索福克勒斯：與埃斯庫羅斯、歐里庇得斯並稱古希臘三大悲劇詩人；著名的作品有《伊底帕斯王》，被認為是古希臘戲劇的典範。

見到這個情景，泰二終於鬆了一口氣，因為他覺得像這樣一個氣度不凡的老人應該不會跟一個孩子一番見識。他壯著膽子問：「伯伯，您是這裡的主人嗎？」正在寫字的老人聽見聲音，平靜地抬起頭，看了看泰二，臉上露出了深不可測的微笑，泰二這下才看清了他的臉：花白的長髮向後梳成西裝頭，嘴唇上花白的鬍鬚加上剪成三角形的鬢角，戴著一副大大的黑框圓眼鏡，鏡片後面一雙閃亮的大眼睛始終盯著泰二。他微笑著沒有答話，泰二又重複了一遍剛才的問話。

那人這才緩緩開口，聲音粗粗的，像是發自腹腔深處：「對，我是這裡的主人，你過來吧。」他一邊說一邊將右手伸到了桌子上，食指做了一個招呼小狗般的手勢。

泰二覺得這人沉悶又古怪，但事到如今他也無路可走，只好照老人說的，走到了房間中央，站在了明鏡似的書桌前。

「伯伯，真對不起，我沒有事先徵得您的同意就擅自進了您的家。剛才我看見有個乞丐似的老頭從窗戶爬進您家裡，我以為是個小偷，所以按了門鈴，可是沒有人出來開門，所以我才跟著他從窗戶爬了進來。我叫相川泰二。」泰二一口氣說了這麼多，那個怪人才笑著說：「我知道你是相川泰二，我正在等你呢。」此刻泰二擔心的還是剛才那個怪老頭，所以並沒有多餘的心思去思考對方話裡的含意。

「伯伯，那個奇怪的乞丐還躲在您家呢。他肯定是小偷，趕快把他找出來吧。」

「呵呵，你不用擔心剛才那個老頭，他就在這房間裡。」

「什麼？這房間裡？」泰二一驚，警惕地向四周看了看。除了主人並沒有別人，面前這個古怪的人到底在說什麼呀？

「沒有其他人啊？」泰二疑惑地看著主人的臉。

「怎麼會沒有人？你看看那邊，不就在那裡嗎？」泰二順著他手指的方向扭頭看過去，就在書櫃的一角，石膏像的腳邊扔著幾件髒兮兮的衣服。不單單是衣服，還有破鞋子、白色的假髮套，以及假鬍子也扔在那裡。

泰二驚訝地看著這些東西，發現竟和怪老頭穿過的衣服、鞋子一模一樣，這究竟是怎麼回事？

「哈哈，這下你明白了吧，那個乞丐就是我。我剛剛脫下了裝扮，恢復成本來的模樣。」

泰二大吃一驚，向後退了兩三步。

「伯伯，您到底是誰？」泰二做好了隨時逃跑的準備，提出了這個尖銳的問題。

「哈哈，你想知道我的名字？我是蛭田博士，醫學博士。剛才我說過，我還是這個房子的主人。」

「那您為什麼要從窗戶爬進來呢？主人從窗戶回自己的家，您不覺得這樣做很奇怪嗎？」

「怪是有點怪，不過事出有因。我想要神不知鬼不覺地把你叫到這裡來。現在你明白了吧？」

「您要叫我來，也不用這麼做，直接跟我說一聲就可以了。」

「當然是有不得已的理由啦，你馬上就會知道的。哈哈，你是個謹慎的聰明孩子，冒冒失失出手的話可不行，必須想個辦法把你叫來。」

「那您在地上畫那些記號也是為了把我引到這裡來的囉？」

「正是，正是。你不是少年偵探團的成員嗎，我那麼做你就一定會悄悄地跟過來。與其冒失地出手，惹得你大喊大叫，還是費點工夫，用這種方式更快更安全啊。」

泰二越聽越覺得這位蛭田博士是在策劃一個可怕的陰謀，他想用最安全的方法，在沒有任何反抗的情況下把泰二騙來。

「那，那個蠟像也是？」

「沒錯，你總算明白了啊。那也是為了把你騙進屋裡來而想的妙計。你可是一個豪俠好義的孩子，我猜你看到那樣的事情絕不會袖手旁觀，果然你就挺身而出了。真是令人佩服的孩子啊。」蛭田博士得意洋洋地舔了舔嘴唇說道。

「於是，趁你不注意，百葉窗被關上了。當然，是我做的。在這棟房子裡有許多機關，只要我按下按鈕就會啟動。你就這樣一步步地踏入了我的圈套，我也不用擔心你哭叫的聲音會被人聽見，窗戶一關，剩下的出路就只有眼前這一條，所以我在這裡等著你就大功告成了。我讓這一切發生得非常自然，既沒有綁架你，也沒有寫信或者打電話給你。連你都不知道我是誰，你父母更不會知道了。也就是說知道你來這裡的只有你和那個老頭，而那個老頭就是我，在這個世上，除了我以外，再沒有第二個人知道你來這裡了，明白了嗎？因此，即使你父母報警，請員警尋找你的下落也將徒勞無功。我什麼過分的事也沒做，不會給他們留下線索，也就是說你已經永遠成為我的俘虜了，哈哈哈！」蛭田博士高興得大笑起來，面目猙獰得令人噁心。

泰二被嚇得一句話也說不出來，不過當他聽說自己已經別無選擇，反而鼓起了勇氣，儘管他還只是個孩子，但有著一張魔法師面孔的博士卻越看越討厭。

「你，你到底和我有什麼仇？想對我做什麼？」泰二氣得漲紅了臉，怒不可遏地責問道。

—妖術—

「哈哈哈，你大可不必擔心，我又不會吃了你。只是呢，我想讓你看一些好玩的東西。」博士透過他的大黑框眼鏡一個勁兒盯著泰二漲紅的臉看，嘴裡說著莫名其妙的話。

「好玩的東西？」

「嗯，是的。」

「我才不想看什麼好玩的東西，我要回家！」

「呵呵，你想回家我也不會讓你回去的。」

「可我一定要回去。」泰二神色堅定，口氣堅決地說。

「哈哈哈，如果你回得去，那你就試試看吧。」博士邊說邊按下暗藏在桌子底下的機關。接著發生什麼事了呢？泰二站著的那塊地板突然陷落下去，一個黑色的四方形地洞被打開，把泰二整個人吸了進去。

這是一個陷阱，博士從一開始就等著泰二站到這個位置上。

泰二的叫喊聲瞬間消失在地下，陷落的地板一下就恢復原位，房裡什麼也沒發生過的安靜下來。

「呵呵，這就行了。」博士心滿意足地自言自語，隨後悠哉地站了起來，從身後高高的書架上取出兩本很厚的外文書，然後將手伸進書架的空隙中摸索了一會，只見半邊書架彷彿裝了門似的向內打開，又是一處機關，書架後是一間密室。

博士走進黑暗狹窄的密室裡，將書架恢復原狀，打開電燈。這又是一間不可思議的房間，角落放著一座有三、四十個抽屜的大櫃子，櫃子上立著一面大鏡子，就像理髮店裡的鏡子一樣。

房間內四周像服飾店似的懸掛著幾十套的西裝、和服、大衣、帽子，衣服底下整齊地擺著各式各樣的皮鞋、草鞋、木屐和雨傘。博士進屋之後立刻脫去身上的黑衣，只穿一件汗衫坐在鏡子前的椅子上。之後發生的事令人吃驚。他將眼鏡摘下，放在桌上，然後兩隻手抓住花白的頭髮，就像脫帽子似的摘了下來，緊接著又用手扯去了三角形的鬢角與鬍鬚。

怎麼回事？博士做了雙重偽裝。他先把自己打扮成一個老乞丐，除去這層偽裝後，還有一層假髮和假鬍子。把這些也摘掉，現在我們面前的這個人才是真正的蛭田博士。他頭髮濃黑，面容光滑，哪裡像老人？分明是個三十多歲的年輕人。

博士左一個、右一個地拉開鏡子下面的抽屜，似乎在找什麼。最後從抽屜裡拉出一頂亂糟糟的假髮，是一頂老婆婆的白色假髮。他迅速地戴上假髮，又打開一個裝滿化妝顏料的抽屜，拿出一支畫筆，對著鏡子往臉上畫了起來。只見鏡子裡漸漸出現一張醜陋的老太婆臉。他把眉毛畫成白色，在牙齒上套了幾個金屬的黑色薄片，變得像是沒牙的老婆婆。

博士化好妝，站起身來走到掛衣服的牆邊，挑了一件外國老婦人穿的白上衣，又選了一條褶子很多的裙子迅速地穿上，身上披了一條褐色的大披肩，腳上沒穿襪子，隨便套上一雙難看的木頭鞋。這身打扮跟西方童話裡的老巫婆一模一樣。

老太婆彎著腰，兩手背在身後，囁嚅著沒有牙齒的癟嘴，搖搖晃晃地走起路來。這間房間裡，書架的另一側有一扇小門。老太婆用鑰匙打開小門，鑽進了黑漆漆的地窖，那裡有一條通往地下的祕密臺階，老太婆顫顫巍巍地一階一階走了下去。

話分兩頭，再說到泰二。當他腳下的地板瞬間消失時，他以為自己會雙腳騰空，沒想到卻像是掉在了一個公園裡的滑梯上似的，整個人飛快地向下滑去。之後他發覺自己撞上一個硬物，其實是掉到了地窖底部。除了屁股撞到以外，身體其他部位並沒有受傷，他立刻站了起來，朝四周看了看。

看來自己剛才掉下來的洞口已經被堵住了，周圍如夜晚一般漆黑。不過地窖中央有一個類似火爐的東西，裡面有一點點柴火吐著微弱的火舌。要說這裡的亮光，也就是這點火光而已。

眼睛適應了黑暗以後，泰二隱約可以看出地窖裡的輪廓。地窖大約有四坪那麼大，四周的牆壁是一塊塊大石頭砌成的，與其稱作地下室，更像是古代人類穴居的山洞。燃著火苗的火爐上架著三根木棍，組成一個三腳架，上面放著一個奇怪的鍋子，鍋裡似乎正在燉著什麼，細火慢燉下已經沸騰，冒出熱騰騰的煙。

火爐邊還擺著一把大木頭椅，也是西方童話中那種又舊又奇特的樣式，左右扶手上刻著蛇形，從前面看就好像有兩條蛇正張著大嘴，馬上就要朝自己衝過來似的，在火爐的微光映照下，看起來更具有真蛇的震撼。

泰二做夢也沒想到在東京的市中心竟然還有這樣一個陰森恐怖的地窖。地窖中的可怕，就有如傳聞中墜入暗無天日的地獄。因為這場景並不常見，泰二甚至懷疑自己是在做惡夢。然而，仔細打量一番之後，他感覺自己像被人從背後澆了一盆冷水，發自內心顫抖起來。

泰二發現黑暗之中隱約有一個白色的物體，儘管他本人並不相信什麼幽靈之類的東西，但因為身處這樣漆黑的地窖之中，下意識就聯想到了幽靈，他的身體緊緊地縮成一團，白色的物體在黑暗中一點一點向泰二靠近，樣子越來越清晰。她用雙腳行走，那就一定不是幽靈。但她的模樣比幽靈更恐怖，白色的頭髮好像銀色的鋼絲亂蓬蓬地披散在肩上，白髮下是一張布滿皺紋的黑臉，一個老太婆正咧著沒牙的嘴猙獰地笑著。

遮住大半個身子的褐色披肩下露出一條滿是皺褶的裙子，腳上一雙尖頭木鞋，是西方巫婆，會施展魔法的巫婆。就連泰二膽子這麼大的孩子看到她這副模樣也不禁叫出聲來，隨即躲到房間的角落。

「呵呵，你還真找到這裡了啊。好孩子別跑，老婆婆講個好玩的故事給你聽，快，到我這來。」巫婆從披肩下伸出手招呼著泰二，一邊朝泰二靠過去。泰二往右，她也往右，泰二往左，她也往左。老巫婆就像條繩子，緊緊地纏著泰二，不讓他躲開。

地窖裡沒有退路，無論怎麼躲都會被抓住。泰二終於下定決心，必死的決心，鐵青著一張臉站定下來，狠狠地瞪著老巫婆，等著她向自己走來。

「哦，好孩子，好孩子。你可真是個男子漢，真勇敢。我們一起玩做鬼臉的遊戲吧。誰先笑誰就輸，怎麼樣？」老巫婆半真半假地說著，站到了泰二跟前，白色的眉毛下一雙眼睛閃著凶光，一眨不眨地盯著泰二的眼睛。

兩個人就這樣互相瞪視了片刻，這怪異的景象簡直無法形容。

泰二努力不讓自己暈過去，咬緊牙關不服輸地瞪著老巫婆。而老巫婆的眼睛卻越瞪越大，眼裡放射動物般的藍光，就好像是肉眼無法看見的電波，向泰二直逼過來。老巫婆瞪大眼睛，布滿皺紋的臉上浮現出邪惡的笑容，接著她雙手向空中伸長，在泰二的頭上有節奏地左右慢慢晃動。

泰二好像得到了什麼指令似的，眼前一片空白，連老巫婆的臉也看不見了，不單單是老巫婆的臉，整個地窖也好像籠罩了一層霧氣的白濛濛一片，泰二的意識開始模糊起來。

「啊，不能這樣下去。我被巫婆施了魔法，一定要清醒過來。」泰二心裡想著，重新振作了精神，卻還是敗在巫婆眼裡放射出的電波之下，昏昏沉沉地進入了夢鄉。

「我，我要回家。媽媽，救我！」莫名其妙的，泰二嘴裡嘟囔了幾句夢話。接著，可憐的泰二終於氣力用盡，倒在地上，一開始還拼命掙扎，試圖再次站起來，但力氣越來越弱，到最後彷彿死去了一動也不動，完全喪失了意識，睡著了。

「呵呵，終於睡著了。這催眠術的威力還真不小。好吧，好孩子，你就這麼睡著聽我說，好好記住我說的話，怎麼樣？」老巫婆朝躺著的泰二彎下腰，雙手仍伸在空中，慢慢地左右搖晃，嘴裡念咒語似的喃喃說著。

泰二真的被老巫婆施了魔法嗎？不，這世界上哪有什麼魔法。正如老巫婆自己說的，這是催眠術的威力，它可以讓人入睡，趁人睡著時向人下達命令，使人在醒來後按照命令行動，效果非常可怕。

—不可思議的盜賊—

當天晚上七點，泰二一如往常地回到了家。

即便媽媽問他：「小泰，怎麼回來得這麼晚？」他也只是回答說：「和同學一起做功課了。」根本沒有說實話。聽到媽媽說：「小泰，你還沒吃晚飯吧，已經準備好了，趕緊吃吧。」他卻不願與媽媽和家裡的僕人多接觸似的，一聲不吭地就鑽進自己房裡。不知做些什麼，屋子裡靜得一點聲音也沒有。要是平時，晚上八點一到，泰二就會去媽媽房裡要點心吃，可是今晚他卻連房門也沒出。

媽媽擔心極了，特地端著茶水和點心送到泰二房裡，想看看他究竟怎麼了。沒想到平時非得十點才上床睡覺的泰二，早已經蓋著被子躺下了。

「已經睡了呀，好奇怪啊，是不是生病了?」媽媽關切地問，泰二依然沒有回答。他並沒有睡著，而是青著一張臉，瞪著眼睛，一個勁地不知道想些什麼。

「怎麼不理人呢?想心事?還是肚子不舒服？」媽媽連著問了好幾個問題，泰二仍舊不說話，瞪著天花板的一雙眼睛泛起了淚光，一閃一閃的。

「小泰，你到底怎麼了?媽媽好擔心啊，有事跟媽媽說呀。」媽媽在泰二的床邊坐下，輕輕晃了晃他的肩膀，認真地問道。泰二似乎再也忍受不了，他抬起滿是淚水的眼睛望著媽媽，說：「媽媽，我好難受。」

「什麼？難受？哪裡？是哪裡痛嗎？」媽媽溫和地將臉向左側了側，憂心忡忡地盯著泰二看了看。

「不是哪裡痛。我好擔心啊。」

「擔心什麼呢？」

「我也講不清楚，總之我就是覺得要出什麼大事了，好像我的心被別人操控了，他在向我下達可怕的指令。」

聽泰二這麼一說，媽媽的臉色也變了，卻完全聽不懂泰二說的話，該不會是泰二的腦袋出了問題？

「媽媽，我想求您一件事。」泰二瞪著渴求的眼睛，痛苦地說。

「哦，是有怪事要告訴媽媽啊。有什麼請求？要我做什麼？你快說啊，只要是泰二的事媽媽一定會答應的。」

「是挺怪的，不過媽媽您別大驚小怪。請用繩子把我綁起來吧，別讓我動。」

媽媽聽完泰二的請求卻沉默了，她擔憂地看著泰二，誰能相信一個孩子會要媽媽把自己綁起來呢？可憐的泰二，他的腦子果真出了問題。

「媽，求您了。」

「說什麼傻話呢？小泰，你在開玩笑吧。你嚇唬媽媽，一會兒又會笑媽媽了，對嗎？」

「沒有，我是認真的。您不把我綁起來，我實在沒辦法安心。」

「你真的這麼想？那給我一個理由吧，你覺得不告訴媽媽理由，媽媽會把你綁起來嗎？」

「我也不知道怎麼跟您解釋。但如果您不把我綁起來，我就沒法安心。媽媽，求您了，把我綁起來吧，否則我難受得要發瘋了。」

看到泰二那張發青的臉，確實可以感受到他心裡承受了多麼痛苦的煎熬。他說「要發瘋了」的話也並非全是假的。

媽媽這下為難了，碰巧泰二爸爸因為工作正在關西出差，家裡除了僕人，一個可以商量的人也沒有。

「媽媽，快把我綁起來吧，否則我要難受死了。」

泰二痛苦地掙扎著，眼淚成串地掉下來。看到這個情景，媽媽也忍不住傷心，跟著掉眼淚。

「好吧，好吧。媽媽把你綁起來，你別亂動，安靜地等我一下。」為了讓泰二平靜下來，媽媽決定暫時假裝把他綁起來。她從儲藏室拿來捆行李用的繩子，又回到泰二身邊。儘管是孩子本人的請求，但要讓一個母親綁住自己的兒子，哪怕只是裝裝樣子，心裡也不好受。媽媽還在猶豫，泰二卻毫不在乎，一個勁地催促著。

看來只能把他綁起來了，再這麼下去，泰二也許真的要瘋了。泰二確實是這麼想的。於是媽媽只能笨拙又擔心地把繩子綁在泰二手腳上，她裝模作樣地繞了幾圈。

「綁緊一點，別讓它鬆開，綁結實一點。」

「好，好，我幫你綁結實，這樣行嗎？好了，你冷靜一點，什麼也別想，好好睡一覺。」媽媽邊說邊幫泰二蓋上被子，哄孩子似的輕輕地在他身上拍著。

過了一會兒再看泰二，也許因為手腳被綁上就安心了吧，他已經安穩地睡著了，鼻子裡發出均勻的呼吸聲。

媽媽小心地把手放在泰二額頭上摸了摸，並沒有發燒，又把手伸進被子，放在泰二被綁住的手腕上測了測脈搏，也很正常。「看樣子並不需要請醫生，先等等看吧，看明天早上醒來以後的情況怎麼樣。」媽媽心裡想著，回自己房裡去了。

半夜，大約一點左右，已經睡著的媽媽被一陣奇怪的聲響驚醒了，那聲音好像是有人躡手躡腳走路的腳步聲。爸爸不在家，書房裡放著公司的文件，如果失竊可就麻煩了。媽媽顧不上害怕，穿著睡衣到走廊上。屋裡大部分的燈都熄了，走廊盡頭黑漆漆的，看不清楚。不過黑暗中隱約可以看見一個人影在緩緩移動。媽媽幾乎要叫出聲來了，不過，小偷聽到叫聲肯定會轉身抵抗，媽媽想到這裡，硬把叫聲吞了回去，一雙眼睛緊緊地盯著人影。

慢慢的，眼睛逐漸適應了黑暗，四周漸漸清晰起來，那個人影的大小輪廓也大致可以分辨。

「咦，那不是小泰嗎？」那個人影確實只有十二、三歲孩子那麼高，背影跟泰二簡直一模一樣。雖然剛才媽媽綁住了泰二，但那只是裝裝樣子，憑泰二自己也能解開。一旦媽媽確定人影就是泰二，她的心情卻比家裡遭小偷更加害怕。泰二該不會真的瘋了吧？或者是中了邪？

媽媽悄悄地走到黑影身後，小聲地叫了兩聲：「小泰，小泰。」兩個人相隔這麼近，可以肯定那個人就是泰二。可是不管媽媽怎麼叫，泰二就像聾了似的一聲也不回答，連頭都沒有轉過來。他逕自走到爸爸書房門口，突然拉開門就走了進去，媽媽嚇得目瞪口呆，只能站在門外緊張地注視著泰二的一舉一動。

泰二走進書房，打開了電燈，他目不斜視地向屋內一個角落走去。

媽媽突然懷疑泰二是不是得了夢遊症。夢遊症是一種病，症狀是在睡著的狀態下，自己完全不知情地起身下床，然後東遊西蕩。泰二現在目光渙散，走路搖晃，樣子真有點像夢遊症病人。

泰二走到爸爸的大書桌前，打開了桌腳下一個特製的祕密抽屜，從裡面拿出一串鑰匙。他右手拿著鑰匙又夢遊似的走到房間另一側的鐵製文件櫃前，蹲下身子將鑰匙插進鎖孔，輕而易舉地打開了文件櫃。

媽媽在一旁看著這一切，擔心極了。泰二打開的這個櫃子裡裝著公司的機密文件，不，這些文件不僅關係到公司的經營，一旦落入間諜之手，連帶對國家都會產生巨大的影響。

泰二的爸爸是東洋製作公司的工程師，這是一家大型機械製造廠。目前有關工廠製造的機械部件設計圖、估價單，以及詳細記載了訂貨數量和交貨日期的機密文件都在爸爸的手裡，爸爸把它們妥善保管在這個文件櫃裡。爸爸去關西出差之前，還特意叮嚀家裡人注意這些文件，說它們不僅關係到公司，還牽涉國家機密，請大家務必小心保護。

不過即使家裡遭小偷，開文件櫃的鑰匙藏在書桌腳下的祕密抽屜裡，小偷不可能輕易找到，因此媽媽也疏忽了。可是萬萬沒想到，小偷並非來自外部，而是出在自己家裡——夫妻倆最疼愛的泰二。泰二當然聽說過桌腳的祕密，所以打開文件櫃根本不費吹灰之力。

難道泰二真的瘋了？誰能想到他跟真的小偷一樣，趁著夜深偷偷起床，溜進書房，打開爸爸的機密文件櫃。其中肯定有蹊蹺，他一定是中了妖魔的詛咒。

泰二終於將機密文件從文件櫃裡的小抽屜中取了出來。他把櫃子蓋好，鑰匙放回祕密抽屜，關了燈，又跟什麼事都沒發生過似的，夢遊地走出了書房。

媽媽再也按捺不住了，她決定把文件搶回來，於是擋在泰二面前，怒氣沖沖地叫道：「小泰，你究竟在幹什麼？」

—BD 徽章—

「小泰，醒醒，你在做夢嗎？到底在做什麼呢？這些是爸爸的重要文件啊，趕緊還回去。落到壞人手裡可不得了。」

被催眠的泰二好像變了一個人，看都不看媽媽一眼，也不聽媽媽的話，彷彿有人在身後推他似的，逕自朝走廊另一頭走去。

「小泰，小泰。」媽媽抓住他的睡衣袖子，想攔住他。但泰二猛地甩開媽媽，回過頭來惡狠狠地瞪了媽媽一眼。媽媽被孩子的兇狠樣嚇呆了，她萬萬沒想到自己的孩子會變得如此陌生。也許因為受到催眠，蛭田博士的魂已經附在泰二身上了，他的臉變得和博士一樣猙獰。

就在媽媽驚慌失措的時候，泰二已經走到走廊的窗臺邊，他迅速打開窗戶插銷，推開玻璃窗，咻地一下跳入窗外的夜色裡了。這一系列動作乾脆俐落，果斷得不像常人，倒像是一隻蝙蝠突然從眼前飛過，快得無法形容。

媽媽強忍著驚訝，不讓自己倒下，她踉踉蹌蹌地走到窗臺邊，探出頭朝黑漆漆的大院子裡看了一眼。冠如華蓋的大樹陰影中，一大一小兩個人影幽靈似的跑出了院子。

小個子的黑影可以看得出是泰二，可是大的影子媽媽完全不認識。他就是蛭田博士。博士不知何時潛入相川家的院子，在窗外的暗處瞪著一雙磷火般的眼睛監視泰二，以便知道他是否順利完成了任務。

看到泰二偷出文件後，博士的目光更加銳利了，他加重了催眠的效果，無聲地向泰二傳達了逃往窗外的指令。泰二剛跳出窗子，就被博士一把抓住。博士拖著他飛快地跑向事先打開的後門，然後一起逃往誰都不知道的地方。

其實博士只要拿到機密文件，泰二對他來說就沒有用處了，他只要拿著文件逃跑就行了，可是博士完全沒有放過泰二的意思，還把泰二一起帶走。這究竟意味著什麼呢？

我們暫且先放下這些疑問，再來看目睹了這一切的媽媽，她驚嚇的程度可想而知。媽媽大聲地呼救，刺耳的叫聲不僅驚醒了家裡的僕人，還叫來了附近的鄰居，有人打電話報了警，幾名員警很快趕了過來。

員警從半夜一直嚴密搜索到清晨，可是泰二究竟被誰帶到哪裡去了呢？一點頭緒也沒有。

院子裡鬆軟的泥土上留下了泰二和另一個大人的幾處腳印，可見泰二的確是被人帶走了。不過泰二並沒有告訴過媽媽他在蛭田博士家的可怕經歷，所以誰都判斷不出這大人的腳印到底是誰的。

第二天中午，泰二的爸爸接到電報，匆匆忙忙地乘坐小玉號特快列車從關西趕了回來。公司召開了緊急幹部會議，商討重要文件丟失的善後處理問題。為搜索犯人，警視廳出動了所有警力，這事成了重大案件。當天晚報大幅報導了泰二的離奇出走，並推測這起案件幕後一定有間諜牽涉其中。泰二的同學們很快從報紙上知道了這個消息。從導師到同學，大家都非常震驚，為泰二的安危擔憂。其中最氣憤的是大野、齊藤和上村這三位少年偵探團的團員。

少年偵探團是由大偵探明智小五郎的少年助手小林芳雄擔任團長，由十個勇於冒險的孩子組成的團體。團員中三個是國一學生，一個小學五年級，剩下的六個都是六年級的孩子。大家來自不同的學校，和泰二同校的就是上述三位團員。這三個孩子在案發第三天商定放學以後一起去泰二家探望。他們從泰二媽媽那裡得知那天晚上泰二的古怪行徑、院子裡出現的可怕人影，以及員警經過了認真仔細的調查，卻仍沒有發現任何線索的事，很失望地離開了泰二家。

他們三人肩並肩一邊朝電車道方向走去，一邊小聲地議論著。

「到底是怎麼一回事？泰二絕不可能是小偷，他一定是受了壞人的威脅，告訴他不偷文件就沒命之類的話。」上村想了半天終於開口說道。

「那是肯定的啦。不過那個黑影到底是誰呢？肯定是間諜。」大野歪了歪腦袋說。

「我覺得他一定不是日本人，肯定是外國人。」說這話的是齊藤。一提到間諜大家很自然都會想到外國人。

「我們一起到明智偵探的事務所去吧，找小林商量商量，也許他會有什麼好主意。」上村想到這幾乎叫了起來。

「好，走吧。小林可能也正想見我們呢。」齊藤表示同意，大野也沒有反對：「嗯，對，對。」

明智偵探的事務所也同在麻布的龍土町，所以他們就步行過去了。

三個人決定去找小林團長之後，正打算加快腳步，只聽身後有人追上他們，突然把他們叫住了：「你們是相川泰二的朋友吧？少年偵探團的團員？」

三個人吃驚地回過頭，只見身後一個三十四、五歲的司機正朝他們嘻嘻笑著。他穿著公司制服，戴著司機帽，帽子上還有一個大大的金穗徽章。

「是啊，有什麼事嗎？」三個人停下腳步反問道。司機的右手似乎拿著什麼，遞到他們面前：「這是不是你們偵探團的徽章？」三人一看果然是他們少年偵探團的BD徽章。

讀過小說《少年偵探團》的讀者應該知道，BD徽章是小林以英文「少年」、「偵探」想出來的兩個字母，並把它做成一百日元硬幣大小的鉛質徽章，分發給每個團員三十枚用作組織標記。普通徽章的話，每個團員有一枚就足夠了，讓每個人身上戴二、三十枚徽章，卻有小林的另一層用心。當團員想向其他團員傳達自己的位置時，可以將徽章沿途撒下，徽章閃爍的銀光就成了最好的路標。

之前小林被怪盜二十面相所擒，受到灌水酷刑時，就是靠這徽章向大家傳遞了消息而獲救的。三個人看到這位陌生司機拿著他們的徽章，不由得互相對望了一眼。

「這是BD徽章，我們的標記。你手裡怎麼會有？」聽到上村充滿疑惑的問題，司機笑著回答道：「我撿的。」

「撿的？在哪裡撿的？」

「不是這，是有點遠的地方。所以，這個不是你們掉的。」

「有點遠的地方是哪裡？」

「麻布，具體的路名我不記得了，不過到了那裡我就能找到。」

「那你還記得撿到它的地方囉？」

「記得，一幢紅磚的樓房前面。」

聽他這麼說，三個孩子又意味深長地對看了一眼。

——蛇 屋——

丟在紅磚樓房外的 BD 徽章會不會是從失蹤的泰二口袋裡掉出來的呢?泰二是不是就被關在紅磚房子裡呢?三個孩子同時想到了這一點,或許判斷不一定正確,但絕對值得嘗試尋找看看。「叔叔,那您現在能不能帶我們到那棟樓房呢?」齊藤瞭解大家的意思,向司機提出了請求。

「哦,你們想去啊?我也覺得那幢房子會和相川家的孩子有些關係。」

「嗯,所以我們也想去看一下。叔叔,麻煩您,快點帶我們去看一下吧。」

「好吧,那你們坐我的車去吧,車就在前面巷子裡。」司機爽快地答應了孩子們的要求,指了指身後的小巷。

四周天色已經暗了下來。巷子有些靜僻,兩旁都是住宅長長的圍牆,沒有什麼行人。孩子們跟著司機走進小巷,只見一輛半新不舊的汽車孤零零地停在一座高牆外邊。司機為孩子們打開車門,孩子們上了車,在不甚整潔的座位上並排坐下。

各位讀者是否覺得這幾個孩子的想法太過單純?當然,我們應該去徽章掉落的地方看個究竟。但三個孩子這麼倉促地自己前往,是不是有些不夠理智?先通知相川的家人或者員警，讓大人們著手調查應該更加明智些吧。

另外這司機也有些匪夷所思，像這麼重要的線索，不告訴別人，反而先跑來告訴幾個小孩，這個做法也有些不妥吧。再說，這位司機怎麼知道他們三個是少年偵探團員？又怎麼知道徽章的事呢？越想越覺得疑點重重。也許等待這幾個孩子的將會是一場惡運。

可是孩子們當時只想趕緊查明泰二的行蹤，根本沒有留心到這些細節。

汽車開了，大約五分鐘後就到達了目的地，司機在街角把車停了下來。

「你們看，紅色的圍牆，看見了吧？徽章就掉在那家門前。」司機指了指對面那幢舊房子。

「那我們就在這下車，走過去。」上村首先起身，三個孩子都下了車。司機也離開了座位，一邊親切地說「我也一起去吧」，一邊領著孩子們朝房子走去。

大家來到樓房前，只見鏤花的鐵門半掩著，從外面可以看見房子的入口，那裡的房門也開著，裡面好像沒有住人似的空空蕩蕩。

「叔叔，這房子好像沒有人住。」

「嗯，可能真的是一所空房子。房子外面也沒有門牌，相川家的孩子也許就被關在裡面呢。」

司機好像知道什麼似的歪了歪頭，向大門走去。他朝院內四處張望了一番。

「你們幾個也進來看看吧。這裡好像真的沒人住，窗戶都關著，一個人影都沒有。來，你們進來看看。」司機說著率先向門口走去。三個孩子順從地跟在他身後戰戰兢兢地走進了房子。

「果然是一棟空房子，別擔心了，進來吧。」司機好像到了自己家裡似的，毫不猶豫地穿著鞋子進了屋，自顧自地朝昏暗的走廊盡頭走去。孩子們覺得有些奇怪，但一想到泰二有可能被關在裡面，就沒打算再退回去，他們跟在司機身後一股腦地往屋子裡走去。

「這個房間有點奇怪啊。」司機推開一個房門往裡看了一下，嘟囔著說。他向孩子們招了招手，就進了房間。三個孩子緊跟著也走了進去。房間大約兩坪多，一扇窗也沒有，光線很暗。裡頭沒有家具，地上沒有鋪地毯，地板裸露著，看樣子是一間儲藏室。

不過仔細打量這間房間也並沒有什麼異樣，三個孩子準備退回走廊。但這是怎麼回事？司機堵在房門口，擋住了孩子們的去路，臉上還帶著怪異的笑容。

「叔叔你這是幹什麼？我們要出去，你擋住我們了。」齊藤有些不高興的說。司機卻突然咧開嘴，發出了一陣奇怪的笑聲。

「哈哈，哈哈，喂，你們以為我是誰？我是這房子的主人啊，哈哈。」孩子們被他的笑聲嚇了一跳，不過誰都沒有把他說的話當真。

「房子的主人？怎麼可能？如果你是這裡的主人，為什麼要偷偷摸摸地進來呢？而且你只不過是一個司機，怎麼可能住這麼好的房子？」齊藤噘著嘴巴反問道。

「哈哈，你這話說得還真天真。你們可都是少年偵探啊，難道連偽裝術都沒聽說過？我可不是真的司機，為了把你們騙到這來，我故意偽裝成了司機。」

「那你到底是誰？」

「我是這房子的主人，蛭田博士。你們好好看看我這張臉。」說著他甩掉了頭上的帽子，右手在臉上一抹，那張和藹的臉瞬間消失，變成了一個恐怖的面孔：頭髮又長又亂，額頭布滿密密麻麻的皺紋，瞇成細縫的雙眼閃著凶光，紅色的嘴唇扭曲成一彎新月，讓人看了不禁寒毛直豎。

三個孩子在他細長雙眼的瞪視下，像被綁住了手腳般動彈不得。

「哈哈，臉色都變了。怕了吧？不過你們現在就怕了的話，恐怕早了點。哈哈，你們老實地待著吧，現在我要給你們看些好玩的。」話才說完，司機模樣的蛭田博士就像隻鳥飛快跳出房間，關上了房門，並從外頭把門鎖上。與此同時，三個孩子的腳下發生了些變化，地板好像地震似的搖晃起來。他們以為強烈的震動會持續一段時間，沒想到地板忽然就從中間分成了兩半，朝地下打開，孩子們一個接一個掉進了地洞。可怕的機關，整個房間都是一個大陷阱。

掉進地洞的孩子們都先摔昏了，過了好一會兒才被身上的疼痛驚醒，他們睜開眼看了看四周，這是一個比地上屋子大一倍的陰暗地下室。室內中央放著一個很大的桶子，像是水泥桶，除此之外周圍沒有任何擺設。桶上放著一個西式燭臺，兩支蠟燭吐著妖怪般的火舌，搖曳著微光。

藉著燭光他們看向剛才掉下來的洞口，像門一樣打開的地板不知什麼時候已經闔上，恢復成原來的樣子，連一點縫隙都沒有。地下室裡沒有梯子，入口也已經被堵上，根本無處可逃。幾個孩子被這意想不到的惡運嚇到了，他們腦子一片空白，只能瞪著驚恐的眼睛互相對看。

這時，不知道從哪裡傳來一陣陰冷的怪笑：「呵呵，嚇到你們了吧，真可憐。不過這才剛開始，接下來還有更精彩的。你們猜猜那個桶子到底裝了什麼呢？有膽量的話打開看看吧。呵呵，你們敢嗎？」孩子們被這聲音嚇了一跳，視線都集中到了地下室中央的那個桶上。

桶裡到底裝著什麼？三個孩子好像事先說好似的，都不禁想像著桶中會出現的怪東西。他們覺得裡面應該是泰二的屍體。像這樣大的一個桶子足夠裝下一個十二、三歲的孩子了。他們越盯著桶子看越覺得自己已經能清楚地看見桶中泰二蜷縮的身體，和變了顏色的慘狀。

三個人又互相對看了一眼想確認彼此的想法。

「泰二一定被裝在桶子裡了。」上村突然開口說，不過屍體二字還是有些嚇人，他說不出口。

「我也覺得，打開看看吧。」齊藤說。

「管他的，打開看看吧！」大野賭氣地罵道，帶頭飛快地跑到桶邊，完全沒讓他們倆幫忙，就雙手抱住大桶子迅速放倒在地上。蓋子滾落，掉在地上的燭臺越燒越旺，在赤褐色的燭光照耀下，桶中掉出了無數條青黑色像麻繩般的東西，它們互相纏繞著，散落在地板上。

三個人一直以為桶裡裝著泰二，沒想到掉出來的會是這樣的東西，一時竟呆站在一旁貶眼。但等他們看明白這些麻繩似的東西究竟是什麼，就更加深受驚嚇的程度了，三個人臉色大變，不住地顫慄。地上是幾百條蛇，互相纏繞在一起。

這些大大小小的蛇從桶裡掉出來以後，在燭光的照耀下鱗光閃閃，飢餓地四處尋找著獵物。牠們吐著火焰般的舌頭，在地上緩緩爬動。因為不斷有蛇從桶中鑽出來，地下室很快就都被牠們占據了，地板上已經看不出哪裡還有空位，到處都是滑膩膩的蛇身，波浪般此起彼伏。

如果只有一兩條蛇，這三個孩子還不至於那麼膽小。但眼前數量如此龐大的蛇，怎麼可能不叫人害怕？三個孩子擠在一起不停地向蛇沒爬到的地方退，終於被逼到地下室的角落。可是蛇似乎已經把他們當成了獵物，仍不停地爬向他們。牠們昂著頭，吐著舌頭，一往無前地向孩子們追過來。孩子們被這個景象嚇壞了。他們已經無路可退，終於忍不住抱在一團起放聲大叫起來。

蛭田博士實在太殘忍了。他在泰二身上做了那麼多壞事還不夠，還要把這三個孩子關進全是蛇的地下室。他對泰二的所作所為還算有一個明確的目的，但是對這三個孩子，他到底又有些什麼仇恨呢？難道他還有更大的陰謀？

蛭田博士的行為實在令人費解。不過各位讀者，在這些令人費解的舉動背後往往藏著犯罪的祕密。這個蛭田博士究竟是什麼樣的人物呢？

兩個偵探

相川泰二被拐，相川爸爸的機密文件被盜，接著相川的同學大野、齊藤、上村三個人也失蹤了，不用說，這接連發生的事件讓孩子的父母憂心忡忡，學校裡也人心惶惶。為了捉拿犯人，員警展開了大規模的搜查。報紙上大篇幅刊登了這起案件，並登載了四個失蹤孩子的照片。社會上眾說紛紜。

其中最傷心的就是泰二的父親。泰二的父親身為東洋製作公司的工程師，丟失了公司的機密文件，除了對公司深感愧疚之外，還十分擔心泰二的安危。不用說，員警已經傾全力追查犯人，但公司方面也不可能一味仰仗員警，無所作為地等待追查的結果。不管怎麼說這也是關係到國家機密的重要文件，從公司的立場來說也必須盡力尋找。

公司幹部會議採納了相川工程師的提議，決定由相川親自拜訪著名的私家偵探明智小五郎，委託他負責調查，配合員警偵破這起案件並抓捕犯人。明智偵探爽快地接受了任務。但這畢竟是一樁沒有頭緒的奇案，偵探再怎麼有名也不可能立刻找到犯人。

令人難受的是日子就這麼一天天過去，警視廳也好，明智偵探也罷，都沒有任何令人開心的消息。以相川工程師為首的公司職員只能默默忍受著等待的煎熬。

就在機密文件被盜第五天的下午，一位奇怪的客人出現在東洋製作公司的門口，他表示想拜訪相川工程師，有一些關於文件被盜的事想對相川工程師說。總務部轉來了他的名片，上面印著「私家偵探殿村弘三」幾個字。儘管從沒聽說過這個名字，相川工程師還是打算見一見來人，他讓總務部將客人帶到會客室去。

相川工程師先一步到了會客室等待，但見到這位由總務部領來的客人時，工程師還是被他異於常人的樣貌嚇了一跳。這位名叫殿村的私家偵探，是一個五十歲以上、駝背的男人。他的後背突起，彷彿長了個大瘤似的，將上身彎成兩個部分。他的臉向半空抬起，像蛇伸長脖子的樣子。

他不僅樣子怪，長相也很嚇人。亂糟糟的頭髮大概幾年都沒剪過，兩條粗粗的眉毛如同扭在一起的毛毛蟲，兩隻眼睛瞪得大大的，上嘴唇翻起，露出難看的暴牙，從臉頰到下巴的鬍子雜亂，這模樣讓人一看就覺得害怕。他穿著一件過時的黑色舊西裝，駝著背，手裡拄著一根彎樹枝做的手杖，顫顫巍巍地走進了會客室，讓人難以想像他竟然是個偵探。

「我是相川，您就是殿村先生？」工程師對照了一下名片和來人，愣愣地問道。

「是的，我就是私人偵探殿村弘三。我就有話直說了，相川先生你不擔心你孩子的性命嗎？你不想早點拿回丟失的文件嗎？」殿村毫不客氣地在椅子上坐了下來，他把手杖放在面前，下巴擱在手杖上面，直勾勾地望著相川工程師。

「那肯定是擔心的……」工程師摸不清對方的來意，說話有些結巴。殿村卻唾沫四濺地喋喋不休起來，嘴裡的暴牙更難看了。

「那你的做法就大錯特錯了。聽說你把案子交給了明智小五郎？他那種小毛孩怎麼辦得了這樣的案子？唉，這樣的奇案還真不適合那傢伙。你想想，文件被偷已經多久了？五天了，白白浪費了五天。員警也沒動靜，所謂的大偵探明智小五郎也沒任何進展。相川先生，你怎麼不把案子交給我呢？我只要花明智一半的時間就能幫你把文件找回來，四個孩子也會帶到你面前來。我已經大致鎖定目標了。」

叫著名的明智偵探為小毛孩，這老頭到底什麼來頭？難道是瘋子？相川工程師聽了眼前他說的話驚呆了。「請等一下，您說什麼？您已經鎖定目標了？」

「鎖定了。我掌握了明智他們做夢都想不到的線索。怎麼樣，相川先生？你辭掉明智，雇我來破這個案子吧。我保證不出十天就把文件和四個孩子帶回來給你。」殿村信心十足，口氣沉穩，看樣子也不全是信口開河。儘管他其貌不揚，仔細打量會發現他那一雙炯炯有神的眼睛好像能看透別人的心事似的，總之他看起來是個有點乖僻的人。

相川工程師看著對方的模樣，聽著他說的話，漸漸地被說服，已經無法輕易拒絕了。「殿村先生，如果真的如您所說，我將非常高興借助您的力量。不過公司已經和明智偵探簽訂了契約，我不能隨便破壞約定。這樣吧，我先跟公司商量一下再答覆您，怎麼樣？」聽到相川工程師委婉的回答，怪偵探態度強硬地扯開了破鑼嗓子：「不，你能不能把明智小五郎給我叫過來？查案可耽誤不了一分一秒。說什麼商量過後再答覆，哪能這麼悠哉？快，把明智小五郎叫過來，馬上就打電話，叫他現在就來，我就在這等著。明智一來立刻就會明白我是個什麼樣的人了。他也是被尊稱為大偵探的人物，看我一眼馬上就能知道我的實力。」多麼自信又驕傲啊。工程師聽到他這麼說，也沒有半點招架之力了，他決定先找公司負責人商量一下。商量的結果是，既然殿村這麼有把握，一定是有切實的線索，那就按他的要求趕緊把明智偵探找來。他們立即打了電話給明智偵探事務所，通報這裡的情況。所幸是明智偵探親自接的電話，他詳細聽取了有關殿村的來龍去脈之後，答應立刻前往東洋製作公司。

半小時後，正當相川工程師和殿村偵探耐著性子在會客室等待，明智偵探與往常一樣滿臉微笑地走了進來。工程師趕忙為兩位偵探做了介紹，大家簡單寒暄了兩句之後，殿村旋即直奔主題：「明智先生，這起案件你沒什麼把握吧。據我所知你似乎還沒有找到任何有力的線索。」面對如此不留情面的發問，明智偵探不但沒有生氣，反而笑咪咪地說：「哈哈，您說得非常正確，目前我還沒有任何線索。不過我倒不覺得自己沒有把握。類似這樣的案件，之前我也經手過幾十起，至今還沒有破不了案的。」

「呵呵，你很有自信啊。可是到現在你還沒有發現任何線索，是不是有點悲慘？我呢，已經摸到犯人的邊啦，現在只要把他找出來就可以了。線索，我已經掌握了兩三個有力的了。怎麼樣，明智先生，你還不服氣？我剛才已經跟相川先生講過了，從今天開始十天之內，我一定把文件和四個孩子找回來。明智先生，就十天喲。」殿村洋洋得意地齜著黃色的暴牙，口沫橫飛地說著，樣子就像一隻猴子。

明智偵探沒有說話，他靜靜地觀察著對方，隨後又笑容滿面心平氣和地說：「十天好像長了點，我只要五天就能把犯人找出來。」聽明智偵探這麼說，殿村臉色一沉緊緊地盯著對方，那張醜陋的臉越來越難看，他吼道：「什麼？你不是說還沒發現線索嗎？五天破案？你胡說八道什麼呀？」

「我可沒胡說。找到線索、追查犯人、尋回文件和孩子，這些工作我用不著五天就能完成。而且至今為止，只要和委託人定下了破案期限，我還沒有發生過逾期破不了案的事。」

「哼，連目標也沒有就定期限？你這個偵探可真夠嗆。好吧，那我就四天破案，四天。」殿村漲紅了那張醜陋的臉，懊惱地吼道。

「好，那我也四天破案。」明智偵探不慌不忙地說，彷彿犯人已經在他掌握之中一般。

「空頭支票誰都會開，我也不是隨口說說的！」殿村擋在明智偵探面前，齜著牙，好像馬上就要張口咬人似的，他伸出了三根手指，說：「三天，三天內我讓真相大白。今天是九號，十一號夜裡之前我一定拿出結果來。」

「好，那我也十一號晚上破案。」在這種情形之下，明智偵探仍毫不退縮一口答應了。

各位讀者，大家一定很擔心吧。這位殿村手中似乎已經掌握了有力的證據，就連他一開始也說破案需要十天呢。任何線索都沒有的明智小五郎，任他再有名，就這麼和別人定下破案期限是不是太草率了？

相川工程師默默地在一旁聽著兩位偵探的爭論，覺得這麼下去於事無補，就趁機打斷了兩位的對話：「你們二位在這裡爭論破案期限，並不能使事情有什麼進展。不如這樣吧，對我們公司來說，無論委託你們哪一位都只是希望能早日找回文件和孩子。要不你們兩位分頭調查，儘早追查出犯人。我們並沒有打算讓你們兩位進行什麼比賽。殿村先生，您特地來幫助我們，我們當然不能拒絕您的好意，明智先生您認為呢？」

「相川先生，這種幼稚的爭論確實十分無意義，你這麼考慮我也能夠理解。但是有一點，我倒真想和這位殿村先生爭一爭。目前我一點線索也沒有，在這場比賽中的確位處劣勢，但是我不在乎，相反地，我更充滿鬥志了。」明智偵探平心靜氣地回答了工程師的提議。

「殿村先生您意下如何？」

「明智先生可沒資格做我的對手，但既然他想試試那我就奉陪。不過，明智先生你何不現在就認輸？這場比賽你贏不了的，哈哈哈哈。」殿村的口氣始終讓人不舒服。

—乞丐少年—

之後，明智偵探和殿村偵探一前一後出了東洋製作公司的大門。殿村離開時連招呼都沒打，用滿含敵意的眼睛狠狠地朝明智偵探瞪了一眼，拄著他那彎曲的手杖、佝僂著身子、步履蹣跚地走了。

在此同時，一個乞丐模樣的孩子從石頭門裡鑽了出來，他似乎很早以前就一直躲在一旁。那是個十四、五歲的男孩，頭髮又長又亂，臉上黑得跟抹了煙灰似的，衣衫襤褸，一看就是一個髒兮兮的小乞丐。他仰頭看了看正目送殿村離去的明智偵探，明智偵探也看了他一眼，四目交會時他們都意味深長地微微一笑。明智偵探認得這個小乞丐？如果不認識，他應該不會向他親切地一笑吧。

小乞丐並沒有乞討些什麼，他直接跟在殿村身後跑了。一個拄著手杖、彎著腰、步履蹣跚的駝背偵探，身後不遠處跟著一個小乞丐。這兩個人從背影上看就像一對奇妙的父子。

再說明智偵探回到事務所後，就把自己關在樓梯下的房間裡，悠閒地讀起書來，完全沒有出去查案的跡象。吃過晚飯，他又關上房門，只是這次他在書桌上攤開了白紙，解起了艱深的高等數學題。這是明智偵探的一個怪癖，當他無事可做時，就會拿出一般人看著都頭疼的數學題來解答。這確實是一個有趣的怪癖。可是他現在還有這樣的閒工夫嗎？不是約定三天內要破案的嗎？他的對手殿村現在一定正積極地四處調查呢，明智偵探卻還在這裡解什麼數學題，和案情一點關係也沒有。寶貴的時間就這樣浪費掉，明智偵探腦子裡到底在想些什麼呢？

然而，就在這天晚上八點，怪事發生了。有人偷偷從窗戶溜進了明智偵探埋頭解題的房間。只見窗外樹影婆娑，院子裡一個人影一閃，一張臉貼在窗戶玻璃上，往裡頭張望了一下，緊接著窗戶打開了，一個髒兮兮的小乞丐從窗子溜進了房間。

對，就是他，白天跟在殿村偵探身後的小乞丐。他溜進明智偵探事務所究竟想幹什麼？難道是接受了殿村的命令來加害明智偵探的？可是明智偵探是什麼人，他再怎麼沉迷解題也不會對有人打開窗戶溜進房間毫無察覺。就在小乞丐跨過窗臺時，明智偵探突然抬起了頭，轉而朝窗戶望了過去。

明智偵探被小乞丐嚇壞了吧？或者小乞丐察覺自己被發現轉身逃跑了？不，不，這兩個情況都沒有發生。不可思議的是，他們倆看到對方，誰都沒有吃驚，反而嘻嘻笑了起來。接下來的事就更怪了。小乞丐大大咧咧地走到明智偵探的桌旁，在他的耳邊嘀嘀咕咕說了好一陣子，才抬起頭朝明智偵探笑了笑。

明智偵探一邊點頭一邊聽小乞丐把話說完，然後右手一攤做了一個手勢。小乞丐一句話也沒說，從桌旁退到了剛才進來的窗戶，迅速消失在了茫茫夜色之中。

就這樣，調查的第一天，明智偵探將自己關在房裡什麼事也沒幹。第二天仍是如此。偵探一步也沒走出房門，照樣心無旁騖地解著數學題，絲毫不覺得無聊。

各位讀者，這究竟是怎麼一回事？難道明智偵探在這場較量中已經認輸了，所以乾脆自我放棄？這顯然不可能。明智偵探一步也不走出房門是什麼原因呢？或許明智偵探要用異想天開的方法讓競爭對手殿村大吃一驚。那這個方法又是什麼呢？

另外，那個奇怪的小乞丐到底是誰？外表邋裡邋遢的乞丐竟然伏在明智偵探耳邊說悄悄話，這事本身就怪異至極。

—怪屋之怪—

三天的期限轉眼就到了。相川工程師正等著看哪位偵探會先將好消息帶回來，可是他左等右等都不見人影，眼看天都黑了。當初兩個人為這個期限爭得面紅耳赤，沒想到結果誰也沒有成功。工程師正準備放棄，打算下班回家時，一位總務人員拿著名片走了進來。是殿村弘三來了。

工程師趕忙讓他到會客室去，兩個人見了面。殿村一看到相川立刻得意洋洋地說：「按照約定我已經找到小偷的落腳處了。明智小五郎還沒來嗎?你看，這次比賽我贏了。不如這樣，你也跟我一起去抓犯人。我們途中順便去一下警視廳，叫上負責的員警，然後一起前往小偷的住處。」

「哦，這樣啊，太感謝了。如果能把文件追回來，並且找到孩子們就太好了。小偷的住處到底在哪裡呢？」相川喜出望外地問道。

「這個嘛，你馬上就會知道的。隔牆有耳，我還不能說得太明瞭，總之你跟我一起去就是了。」

聽他這麼說，工程師也不再深究，向還沒下班的負責人報告了一下，就開著公司的車和殿村一同趕往警視廳。

到了警視廳，碰巧負責這起案件的中村搜查長也在。聽了殿村的報告後，搜查長決定親自去判斷此事的真偽，便帶了手下幾名刑警，分別乘坐兩輛車向犯人的藏身之處出發。按照殿村的指示，他們把車停在了麻布的六本木，一個偏僻的住宅區裡。大家一起下了車，跟在殿村身後，在昏暗的住宅區步行了大約五百公尺，眼前出現了一幢由紅磚牆圍著的老式樓房。各位讀者一定非常熟悉，這裡就是蛭田博士的家。

「各位，這就是犯人藏身的地方了，大家小聲一點，一旦被發現就前功盡棄了。順便說一下，為了不讓犯人逃走，我們分頭行動，將出入口都嚴密防守吧。」聽殿村說完，中村就命刑警分成兩組，把守房子的前後門。「那我們三個就麻煩你帶一下路吧。照平常必得破門而入，眼下還是別鬧出那麼大的動靜吧。」

殿村、中村和相川工程師三個人輕手輕腳地進了門。他們來到樓房前，感覺有些異樣，一樓的大門開著，房裡沒有燈光，似乎是一棟空房子。

「怪了，不應該呀。」殿村偵探佝僂著背歪著腦袋說。

「犯人察覺自己已經暴露行蹤，逃走了吧。」搜查長輕聲說。

「不，不可能，我才不會犯那麼低級的錯誤被對方發現呢，無論如何先進去看看再說。」殿村說著走了進去，他用手在牆上摸了摸，打開了走廊上的電燈開關，「到這來，走廊的盡頭應該是犯人的書房，先找找看吧。」

殿村似乎非常熟悉這棟房子的格局，帶頭往走廊盡頭走去，把另外兩位直接帶進了書房。大家進了房間一看，裡頭是空的，一個人也沒有。

「奇怪，難道真是聽到風聲逃跑了？不過，還有個地方可以找一下。這幢房子裡有地下室。」殿村一邊說一邊將大書桌上的蠟燭點亮了，他拿過燭臺向正對面的書架走去，取出了書架上擺著的幾本外文書，把手伸進書與書之間的縫隙裡，不知道動了什麼機關，只見書架的一部分就像門一樣打開了，裡面是一間密室。

各位讀者對書架裡的機關已經很熟悉了，可是中村搜查長和相川工程師是第一次看到，他們被這突如其來的怪事驚呆了，不由得打從心裡佩服殿村偵探的調查能力。

「這裡面有樓梯可以通往地下室。」殿村得意地說著，舉起蠟燭率先走了過去，他穿過密室，也就是讀者們都熟悉的那間衣帽間，順著窄窄的樓梯下樓去了。他拄著彎彎曲曲的拐杖，佝僂著背，一步一步下樓的樣子，與眼前這陰森森的場景十分搭配，讓人覺得殿村根本就是從某個未知世界來的怪物，並非人類。

中村搜查長為防止意外的發生，掏出了準備好的手槍，他讓相川躲在自己身後，一刻也不敢大意地留心著周圍的情況，跟在殿村身後一起走了下去。

下了樓，打開鐵門就是三個孩子被蛇圍困的地下室，但現在裡面一個人也沒有，只有一股地下室特有的潮溼氣味撲鼻而來。殿村舉起蠟燭朝四周照了照，每個角落都照了一遍，卻一件可疑的東西都沒發現，也沒發現有能藏人的地方。

「怪了，什麼都沒有啊。」殿村訝異地嘀咕著。覺得奇怪的不只殿村一個，各位讀者想必也正歪著腦袋拼命想吧。泰二和另外三個孩子到底藏到哪裡去了？還有，那些蛇又到哪去了？就連裝蛇的桶子現在也不見了。

大家叫來了在外面守候的刑警，將整棟房子從二樓到地下室都找遍了，依然一個人影也沒發現，可以肯定這是間空房子。全部找過以後，殿村和相川、中村又回到了原先那間書房，大家一言不發地站在書桌前，互相對望著。

「殿村，看來我們是撲了個空啊。」搜查長疑慮重重地盯著眼前這位奇怪的駝背偵探，口氣裡帶著責難。這位偵探是相川今天晚上才介紹給他認識的。

「不，不可能。犯人肯定在這棟房子裡。不單是犯人，還有你們要的重要文件和孩子，都在這。」殿村瞪著一雙瘋狂的眼睛，一邊四處尋找，一邊嘟囔。

「但是這裡沒有人啊，你覺得我們找得還不夠仔細嗎？」

「請等一下，這裡有祕密。我覺得四個孩子應該就在我們面前，只是我們還沒辦法發現他們。」殿村敲著他的手杖在屋內來來回回地踱著步。像毛毛蟲一般的粗眉毛下，一雙嚇人的利目炯炯有神，他不住地嘀咕，突出唇外的暴牙之間都泛起了白色的唾沫，好像正全神貫注地在思考些什麼。

過了一會，殿村突然停了下來說：「對，應該是這樣的，我怎麼這麼笨啊，連這都沒想到。」他剛自言自語地說完就逕自走到了一座放在角落的石膏像面前，屋子四角各有一座石膏像，這座就是各位讀者已經知道的索福克勒斯雕像。殿村突然舉起手杖朝著石膏像的肩膀用力敲打起來。

希臘偉大詩人索福克勒斯的雕像左右晃動，右臂從肩關節處被敲斷掉在地上，摔得粉碎，碎片像雪花一樣紛紛灑落在駝背偵探的手臂和背上。殿村偵探難道瘋了嗎？還是他這古怪的行為背後有什麼更深的含意？

—石膏像的祕密—

在場的相川工程師和中村搜查長大吃一驚，快步跑到殿村身邊。

「殿村先生，你這是幹什麼，沒找到犯人也不需要拿不相干的石膏像出氣呀，別孩子氣了。」工程師一把抓住殿村高舉的右手，厲聲責備道。而殿村怒氣沖沖地甩開工程師的手，同樣生氣地訓斥起來，醜陋的面孔扭曲得更加難看了：「你說它不相干？哼，你以為它沒幹壞事？沒有比它更壞的傢伙了。你們連這都不知道？好，那就好好看看吧。你們看這石膏像沒有腿。真正的索福克勒斯像衣服下面露著兩條腿，可是它沒有，衣服把整個下半身都遮住了。其他三座雕像也一樣，都沒有露出腿來。你們不覺得這很奇怪嗎？古希臘的雕像要嘛是不穿衣服的裸體，要嘛就是穿著衣服露出手和腳。這是他們當時的一種藝術特色。而四座仿品都沒有露出腿，全都用衣服遮住了下半身，就像罩著一口鐘似的。為什麼？你們知道原因嗎？我剛剛注意到這個細節，應該是房子主人故意製作了沒有腿的雕像。為什麼呢？一定是為了藏某樣東西，要藏一個大件東西，又不能把雕像弄倒，於是就事先做了一個底座比較穩的雕像。怎麼樣？還不明白？好吧，你們看著，我現在就把這雕像的祕密公諸於世。等一下，等一下，這個手杖作用不大，我記得密室裡面好像有個錘子。」說著殿村急忙走進那間掛著大量服裝的密室，不一會兒就提著一柄錘子回來了。「看好了，如果我想得沒錯的話，這裡面一定會有讓我們吃驚的東西。」話還沒說完，殿村就舉起右手，錘頭像炮彈般地砸向石膏像。

一下，兩下，三下，石膏像發出巨大的聲響，裂成碎片。突然石膏像的斷裂處露出了一些奇怪的東西。是人的頭，一張孩子慘白的面孔，嘴裡還堵著白布。

「啊！」相川工程師驚叫起來。殿村仍不停地繼續砸著石膏像，石膏像終於全部被敲碎了，看不出一點雕像原先的樣子。

石膏像內蹲著一個穿睡衣的少年，他嘴裡堵著白布，身上一圈一圈捆著繩子，因為雕像被砸壞了，沒東西可以撐住他，就從臺座上摔下來倒在地板上。

「泰二！是泰二吧？」工程師大叫著跑了過去，一把抱住倒在地上的少年。沒錯，就是相川工程師的寶貝兒子泰二，被繩子緊緊綁住的身上穿的還是被拐走那天的睡衣。中村搜查長也趕緊跑來幫忙，拿掉了孩子嘴裡的白布，解開了他身上的繩子。所幸泰二並沒有受傷，只是因為害怕和難受有些頭暈，不過很快就恢復了意識。見到相川工程師，泰二立刻大喊一聲「爸爸」，就緊緊撲進爸爸的懷裡。

「哈哈哈，怎麼樣？相川先生，犯人的手法你搞清楚了吧？用石膏像藏人，這個想法還真奇妙。等一下，那邊還有三座石膏像呢，我得把那三座也砸開。」殿村偵探得意地拿著錘子，走向另一個角落的雕像，用力將它也砸了個粉碎。隨著巨大的聲響，石膏碎片雪花似的飛散開來，雕像裡出現一個黑衣少年，和泰二一樣被堵著嘴綁得結結實實的，摔倒在地上，他是大野敏夫。殿村這下更加得意了。

他一副聰明得無與倫比的樣子，齜著黃黃的牙齒，嘻嘻笑著，像調皮的孩子弄壞玩具一樣把另外兩座雕像也迅速砸碎了。另兩個雕像裡藏著齊藤和上村，這也在殿村的預料之內。就這樣，駝背偵探不費吹灰之力就找到了四個孩子。

四個孩子都沒有受傷，取掉堵在嘴裡的白布和身上的繩子後，立刻就站了起來。四個孩子湊在一起，為各自的平安而高興，並向三個大人道了謝。中村搜查長和相川工程師先前還覺得殿村偵探只會說大話，親眼看到這樣的情景，才不得不承認這位駝背偵探手段還是非常高明的。儘管殿村長得奇醜無比，但無疑可以算是一名了不起的偵探，他們打從心裡佩服眼前這位大偵探。

—明智在此—

這時書房外傳來咚咚的腳步聲，夾雜著大聲爭吵的聲音。中村搜查長打開房門想看發生了什麼事，只見走廊裡，自己的部下正和幾名陌生的男子互相推擠著，男子們都穿著西裝。

「怎麼回事？他們是什麼人？」中村大聲問道。「都是報社的記者。他們說和殿村偵探約好了，無論如何都要進來，怎麼攔也攔不住。」一個員警面帶歉意地說。殿村偵探耳朵尖聽見這話立刻蹣跚地走到門前：「哦，是記者啊。都來啦？沒關係，快進來吧。中村先生，他們是我之前叫來的，我告訴他們兩小時後會揭開案件的真相。」

「你這麼做讓我們很為難啊，都還沒抓到犯人呢。」中村皺起眉頭不高興地說。

「犯人？哈哈哈，我一定會把他捉拿歸案的。你別這麼兇，看在我讓四個孩子都安全脫險的分上，這事都交給我吧。」殿村這麼一說，更顯出他勞苦功高，中村搜查長也不好強行阻攔了。況且他又是大偵探，這時候叫記者來或許還有什麼更深的考量，想到這中村搜查長勉勉強強往後退了幾步，讓記者們進了房間。

「各位，請都到這來，看看砸壞的石膏像和這四個孩子。他們就是被拐的相川、大野、齊藤和上村。什麼?拍照?要給這些孩子拍照?可以,可以,儘管拍吧。不過我還想給大家看個東西,不是別的,就是東洋製作公司丟失的機密文件,我知道它藏在哪裡。正好大家都來了,那我就當著大家的面把它找出來。說是找其實也沒那麼麻煩,看,就在這兒,這個廢紙箱裡。」

殿村好像說笑話似的向房間中央的書桌走去,從桌子下面的大紙箱裡取出了一球揉成團的文件。「相川先生你看看,這是不是從你家保險櫃裡偷出來的文件?」相川先生聽他這麼說大吃一驚,立刻跑過去搶過了文件。這麼重要的文件要是被記者們看到就糟了。他拿起文件走到角落裡,一張一張地檢查完之後,又認真地將紙攤平疊好,小心翼翼地裝進了自己西裝的口袋裡。

「相川先生,看你這麼小心地把它裝進口袋,應該就是那分機密文件,沒錯吧?」

「確實是那分丟失的文件,所幸一張沒少。不過犯人為什麼把費盡苦心偷來的文件,隨便地丟在廢紙箱裡呢?這到底是怎麼回事?」相川工程師疑惑地看著殿村偵探。

「哈哈哈,相川先生您那樣聰明的腦子當然想不通。犯人可是個魔術師。魔術師為了吸引觀眾的注意力,往往會做一些常人意想不到的事。你明白嗎?就像他把四個孩子藏在石膏像裡,也是一種魔術。文件也一樣,他就是要把它藏在一般人想不到的鬼地方。有誰會想到他把那麼重要的文件，當廢紙一樣扔進廢紙箱，而且還揉成了團。一般人尋找時都會把注意力集中在上鎖的抽屜、祕密櫥櫃這些難以發現的地方。像廢紙箱這樣的地方，看都不會看一眼。而真正聰明的小偷會把最重要的東西藏在誰都不看一眼的地方。就算被看到，大家也覺得這些不過是廢紙，沒用的東西，所以他就把東西藏在大家的眼皮底下。這才是手段，魔術師的手段，明白了吧？」駝背偵探又一次讓人對他刮目相看。就連破案專家中村搜查長，都對他輕而易舉發現文件一事佩服得五體投地，更別說那些記者了，他們一個個都瞠目結舌。

殿村一臉得意，他直了直駝著的背，驕傲地挺起了胸脯，右手照例拄著那根歪歪扭扭的手杖，左手大拇指插進西裝背心內側，剩下四個指頭有節奏地拍打著前胸，開始了他的演講。

「各位記者先生，正如大家親眼看到的那樣，小偷把四個孩子和機密文件藏在了誰也想不到的地方，是我用了高超的手段才把他們找出來。光這些素材就夠大家在今天的晨報上寫個三五段了吧。不過，我還想錦上添花再給大家做一個重大報告。也不是別的什麼，就是呢，大家知道最先接手這個案子的是那位著名偵探明智小五郎，對，就是被大家譽為全日本第一的大偵探。我們倆在這個案子上來了個一對一的比賽。大家現在也都看到了，比賽的結果呢，是我這個名不見經傳的殿村弘三搶在明智前頭破了案。所以我想讓大家幫我把這件事公諸於世。從今天起，從現在起，明智就不再是全日本第一的偵探了，新的日本第一是我，殿村弘三大偵探。我要挫挫那傢伙的銳氣。現在他還不知道在哪閒晃，一旦明天他看了報紙，肯定嚇破膽。哈哈哈，我終於把他打敗了，這一仗贏得痛快啊。還請各位幫我大肆地宣傳宣傳，怎麼樣？名偵探明智小五郎大輸特輸了吧，哈哈哈，我好想看看他的尊容啊。他可是在我面前誇下了海口的，說什麼三天之內一定會破案。現在離三天期限已經不到兩小時啦，但是他連犯人藏在哪都不知道。哈哈，喂，明智先生，您現在到底在哪裡閒晃呢？」

殿村越說越得意，齜著他的黃牙唾沫四濺。突然房內傳出一陣奇異的「哈哈哈哈」，笑聲竟然比殿村還要響亮，發笑的人好像遇到了什麼極有趣的事似的，笑到停都停不下來。駝背偵探吃了一驚停止了演說，朝笑聲處瞪了一眼：「誰？是誰在笑？沒聽見我正在發言嗎？笑什麼？停下，快給我停下。」只見記者團中走出一位男子，看穿著男子是一名記者，可是他並沒有停止發笑，嘻嘻笑著站在了殿村的面前：「殿村先生，明智在此哦。您剛才說想知道明智在哪，想看看他的臉，既然如此，現在就讓您把這張臉看仔細了。」聽見這話，殿村一驚，臉色大變，往後退了幾步。儘管他穿得像個記者，但的的確確是明智偵探。

「哈哈哈，您好像很吃驚？我從一開始就躲在記者身後，一直洗耳恭聽您的演說。您說得真不錯，托您的福，我笑得肚子都疼了。」明智偵探以清脆的語調調侃著殿村，嘴裡發出了頑皮的笑聲。

——你是犯人——

明智偵探的突然出現讓在場的所有人都不知所措，其中駝背殿村表現得最是嚴重。他做夢也沒想到明智小五郎竟會出現在這裡。不過，他到底是見過世面的殿村偵探，沒一會兒就用放聲大笑的方式掩飾住了自己的失態：「哈哈，這不是明智偵探嘛？你大搖大擺地來幹什麼？案子我都破了，四個被拐走的孩子現在就完好無恙地站在你面前，機密文件也讓相川工程師妥善收好了。當然啦，這些都是我的功勞，不好意思，沒你明智偵探什麼事。明智先生，你到底來這幹嘛？來丟臉的嗎？還是甘拜下風，專程來拜師學藝的？」

聽了這些話，我們的明智偵探絲毫沒有動氣，他像平時一樣微笑著，平靜地說：「我當然是來見識您的本領的啦。您的推理實在太精彩了，不過還不至於讓我想拜您為師。因為您知道的那些，我也早就知道了，只不過想看看您究竟會用什麼樣的演技把他們找出來，所以就一直躲在後面當觀眾了。您的演技還真是不錯。」

「哼，嘴再硬也該適可而止啊，事都辦完了你才跑來大吹大擂，你以為會有人相信嗎？說什麼我知道的你也早就知道了，呵呵，這種占便宜的話，你也說得出口。」

「我知道的還不只這些，要不要我拿出證據來給你看啊？」

「嘴還真夠硬的。好吧，那你就把證據拿出來給我們看看。」

「這可是你說的喔。」明智偵探嘴角浮現一絲嘲諷的微笑，緊緊盯住了殿村醜陋的臉。殿村仍然毫無畏懼地說：「我還真想看看。」

「那我先問你。你說過會將犯人繩之以法，現在怎麼樣了？你救出了四個孩子、取回了文件，卻把關鍵的犯人放跑了。就這樣你還大肆吹噓自己破了案是不是有些言過其實？」

「呵呵，又來了，我早就猜到你會這麼說了。明智先生，你這要求太不合理了。別說抓犯人了，首先你自己連犯人的藏身之處都沒找到，不是嗎？而我立了那麼大功勞，只不過沒有抓到犯人而已，你就這麼咄咄逼人，是不是有點不講道理呢？呵呵。」

面對殿村的嘲笑，明智偵探立即給了他最有力的反擊：「我可是非常清楚犯人所在之處，而且一定會把他捉拿歸案的。」

「什麼？捉拿歸案？哈哈哈，這話有意思。那你就把犯人帶來給我們看看啊。還是說你沒辦法把他帶到這裡來呢？」

「你真的想看看？」

「當然啦，只要你有本事。」

「犯人就在這兒，就在這個房間裡。」誰也沒想到明智偵探會說出這樣的話，大家不禁瞪大了眼睛面面相覷。明智偵探說犯人就在這裡，但這間房間除了相川工程師、中村搜查長、幾位員警、報社記者和四個孩子以外，並沒有什麼可疑人物。難道說犯人就藏在這些記者當中？犯人有必要特意鑽在這麼多員警和偵探之間到現場來一趟嗎？這不大可能吧。

「喂，明智先生你瘋了吧？是在做夢嗎？你說的犯人到底藏在這房裡的哪個角落了？」殿村不知怎麼臉色有些發白，他舔了舔嘴唇情緒激動地逼問道。

明智偵探依然面帶微笑，他突然舉起右手，食指指向了殿村的鼻子：「殿村先生，不，也許我該叫你蛭田博士比較好。你，就是犯人！」

殿村彷彿被子彈擊中胸膛了似的，踉蹌了幾步。他的臉色煞地發白，不一會又變成了怒火中燒的青紫色。他像一頭被逼急的野獸，齜起了滿口黃牙，極力爭辯起來：「混蛋，你，你說什麼？一派胡言。我可是堂堂正正的私家偵探殿村弘三。明智你根本搞錯了。中村先生，他跟我打賭輸了不服氣，反咬一口。趕緊把他拖出去，拖到外面去！」

「殿村先生，不，蛭田博士，你就別再狡辯啦，我可是什麼都知道。如果你不是犯人，臉色怎麼變了呢？你驚慌失措的樣子我們所有人可都是有目共睹啊。認輸吧，事到如今還垂死掙扎可不是你的風格。」明智偵探和平時一樣，平靜地說道。但殿村也沒有因此就被嚇到。

「胡說八道，你這個瘋子。你有證據嗎？有什麼證據可以證明你說的這些呢？」

「你要證據是吧？」

「拿不出來吧？說我是犯人，這種胡說八道還能有證據？」

「證據嗎？證據就在這。」明智偵探大叫一聲，跳起來撞向殿村。殿村沒想到明智偵探會有這樣的舉動，一下子被明智偵探壓住，他發瘋似的舞動手腳試圖將明智推開，二人在地上扭打成一塊。

在場的人看到這驚心動魄的搏鬥，都屏住了呼吸。他們倆互不相讓來勢洶洶，讓周圍的人不知如何是好。好在這場戰鬥只持續了一分鐘就分出了勝負，明智偵探勝出，他在打鬥中成功揭去了殿村的面具。

明智偵探首先起身，抓住了殿村的胳膊，將不敢抬起頭來的殿村拖了起來。天啊，這到底是怎麼回事？殿村完全變了一個人，除了頭髮依舊蓬亂以外，粗粗的眉毛變細了，暴牙不見了，紅色的嘴唇間露出一口整潔的白牙。鬢邊嘴角的鬍子也消失了，取而代之的是光滑的皮膚。尤其讓人吃驚的是那隆得高高的駝背變平了。仔細一看，原來在打鬥時，明智扯去了他的西裝和背心，連裡面的襯衫也撕破了，假駝背從裡面掉了出來。

再看勉強站起來的這位男子，已經完全不是先前那個醜陋的駝背老頭。他身材修長儀表堂堂，最多也就三十來歲。

「各位，這就是殿村偵探的真面目。也許你們很疑惑為什麼沒能看出他的偽裝呢？不怪你們眼力不濟，因為他實在是個偽裝高手，犯罪史上少有的偽裝天才。」聽到明智偵探的解釋，大家仍然半信半疑。那個醜陋的駝背老頭竟然是這樣一位翩翩男子，這簡直像在做夢，誰也沒辦法立刻信以為真。

—天花板上的面孔—

殿村的真面目被揭穿了，他卻突然大笑了起來，彷彿事情非常滑稽：「哈哈哈，說我是蛭田博士？這人太奇怪了。明智先生，你瘋了吧？那個叫蛭田博士的犯人有這麼年輕？哈哈，你還真會說笑。大家請好好看看我這張臉，是不是很年輕英俊？這能是蛭田博士的臉？我和那個老博士怎麼會是同一個人？在場的有人認識蛭田博士嗎？這倒讓人為難了。啊，對了，這裡還有四個孩子呢。他們都曾受過蛭田博士的折磨，一定見過蛭田博士的臉。來吧，相川、大野、齊藤、上村，你們走近一點，好好看看我的臉，看我和蛭田博士是不是同一個人。來，大家過來看看。」

四個孩子聽到這話，不由得面面相覷，接著嘀咕了幾句。相川代表他們四個站了出來，明確地告訴大家：「不是，這個人不是蛭田博士，蛭田博士年紀比他大，臉和聲音都不像。」殿村有了孩子們這幾句證詞更為得意，他說：「怎麼樣？我有四位可愛的證人啊。再說，如果我是蛭田博士，怎麼可能帶大家到這裡來呢？又怎麼會把藏起來的孩子找出來，把機密文件交給員警呢？蛭田博士不可能自我揭發啊，這太沒道理了，對吧？哈哈哈。」殿村又哈哈大笑起來。

各位讀者，大家是不是有些擔心了呢？難道明智偵探這次真的判斷失誤？殿村的話怎麼聽都有道理，犯人不可能自首，這種事誰都明白。讓我們再來看看明智偵探的反應。

他一點都沒感到意外，仍是一副平常面帶微笑的模樣。真的不擔心嗎？他的笑臉會不會是故作鎮靜？這時，在一旁忍了半天的中村搜查長插了進來，說：「殿村先生，那你為什麼要偽裝呢？如果你是和犯人沒有任何關係的好人，完全沒必要偽裝，不是嗎？這點你怎麼解釋？」這個問題提得很恰當。即使殿村不是蛭田博士，也有些古怪之處。

「哈哈哈，是啊，果然是搜查長，這問題問得好。不過你只知其一不知其二，我是私家偵探啊，在搜查犯人的時候，有時不得不偽裝。明智偵探也是個中高手，我沒說錯吧？偵探偽裝一點都不奇怪，我偽裝是因為搜查需要。怎麼樣？還有問題嗎？哈哈哈……」

問題又被殿村巧妙地擋了回來，他傲慢地大笑著，嘲弄著在場的每個人。明智偵探這回黔驢技窮了吧？不，不會的。各位讀者，請看看我們的大偵探，他正以胸有成竹、神色自若地直直盯著殿村。

「什麼？我是偽裝高手？哈哈，你才是這方面的天才。這麼誇獎我，真是榮幸之至啊。不過，很遺憾，我的水準還不及你的腳踝呢。連深諳此道的中村搜查長都被你的偽裝術迷惑了。哈哈哈，真高明。像你這樣的偽裝天才，孩子們沒能識破你用另外一副面孔裝扮成的蛭田博士，再正常不過了。」

「什麼？你說什麼？」殿村一頭霧水地反問道。

「你一個人扮演了三個角色。蛭田博士是你假扮的，駝背的殿村偵探也是你假扮的。」

「呵呵，你就別再胡說八道了。好，就算你的解釋成立，那結果依然是犯人自己揭穿自己，不是嗎？趕緊結束你這種沒道理的想法吧。難道你還有別的證據？呵呵，明智先生，你也別迫不得已就胡亂解釋，拿出點證據來吧，我是說證據，實實在在的證據。」殿村更加得意一個勁地追問證據。不過，各位讀者，您儘管放心。我們的明智偵探並沒有輸，反而更加自信了。他微笑著，心平氣和地反問道：「你是說想看證據對嗎？」

「嗯，如果你拿得出來的話。」

「那我就拿給你看。你抬頭看看上面，不，不是那，天花板的那個角落。」因為猜不透明智偵探話中含意，殿村不由得抬頭向上方看了看，就在這一瞬間，殿村發出了一聲驚叫。

大家請看，高高的天花板上露出一個四方形的黑洞，那一塊天花板不知什麼時候被卸下了，一張古怪的人臉正從那個洞口嘻嘻笑著往下張望呢。其他人見到這番情景不禁心頭一顫，房裡的人都呆呆地盯著那個洞口，不知道究竟發生了什麼事。

—大偵探的勝利—

那張臉一下子又縮進了天花板上面，躲進了黑暗裡。突然，黑黝黝的天花板上伸出了兩條髒兮兮的腿。膝蓋、大腿、腰、肚子正一點一點滑出洞口，緊接著兩隻手也從天花板上垂了下來，彷彿在表演體操似的，那人搖晃著身子跳到了房間中央。動作完成得太漂亮了，從那麼高的屋頂跳下，竟沒有摔倒，只在地板上彈了兩三下，立刻站穩了身子。他望了望周圍的人，臉上露出了笑容。

這是一位十四、五歲的少年，邋遢得像個乞丐，大家驚恐萬分，誰也沒想到會有這麼樣一個小乞丐從天而降。

「殿村先生，你還記得這個孩子嗎？從你走進東洋製作公司的那一刻開始，這孩子就和你形影不離了。你好好看看，你已經不是第一次見這個孩子吧？」

殿村像要把孩子看穿似的，眼睛眨也不眨地仔細打量著面前的這個孩子，越看他的臉色就越難看。確實，他見過這孩子，他的腦海裡有著深刻的印象。

「諸位，我來介紹一下。這孩子看起來髒兮兮的，其實他並不是乞丐，他是我的助手小林芳雄。是我讓他裝成乞丐，幾天前就開始跟蹤殿村。殿村的一舉一動都沒有逃過小林的眼睛，而且我每天都收到小林的彙報。」

各位讀者，大家一定還記得這幾天晚上從窗戶潛入明智偵探書房的小乞丐吧。那個有些怪異的小乞丐，就是現在站在大家面前的小林芳雄。

在場的各位聽到這裡又是另一陣驚嘆：「沒想到明智偵探還留了這麼一手啊，實在高明。」大家不由得嘖嘖稱奇。

「現在就讓小林來給大家講講殿村的祕密吧。小林，你來簡單說明一下。」

「我遵照明智先生的命令，跟蹤了殿村。看見他避開人群，悄悄溜進了這間房子。找明智先生商量之後，我決定趁他出門時，偷偷地躲在這個屋頂上。在此之前我的確費了一番苦心，但今天早上辛苦總算得到了回報。我在這屋頂上爬了幾圈，用小刀割開了天花板，在不引人注意的情況下躲在縫隙裡觀察這個房間，於是，我看見了一切。這個人不但裝扮成駝背的殿村偵探，還假扮別人。他戴上三角形的假鬍鬚和大框眼鏡，假裝是五十幾歲的紳士。相川和其他幾個孩子就是被他這副模樣給一個一個騙進這棟房子的。然後他把孩子們綁起來，堵上嘴，藏在了石膏像裡。因為這個石膏像的底部有洞，孩子們一個個被裝進石膏像以後，石膏像又被放回到原來的位置上。他騙孩子們說他叫蛭田博士，傍晚他出門後，我就趕緊跑回事務所向明智先生彙報了這一切。」

所有陰謀都被小林看在眼裡，殿村的氣數將盡了。這位假扮殿村的蛭田博士臉色慘白，牙齒咬得咯咯作響。他狠狠地盯著小林，一副死不認帳的樣子。這時他仍打腫臉充胖子，發瘋似的怪笑起來：「哈哈哈，喂，臭小子，你少在這裡胡說八道，你不是在說夢話吧？你說我假扮蛭田博士？我可沒有做過那樣的事。」

小林毫無懼色，突然從他那破爛衣服裡拿出一團頭髮似的東西，遞到殿村面前，口氣激動地說道：「那你戴上這個。這些是你裝扮成蛭田博士時用的假髮、假鬍鬚和眼鏡。你白天把這些行頭脫下來扔在衣帽間裡，我把它們找了出來。現在就請你戴上。你到底是不是蛭田博士，相川他們一看就知道了。」

不愧是小林，不容分說地就掌握了最有力的證據。殿村再嘴硬，也不敢在四個孩子面前戴上這些道具。他已經山窮水盡了。殿村企圖求救，他睜著一雙布滿血絲的眼睛向左右看了看，突然又露出一副恐怖的表情一步一步向後退去。這時殿村正站在房間中央的大書桌前，他慢慢地退到了桌子的後邊，悄無聲息地踩下了桌子底下突起在地板上的按鈕。天啊，那就是蛭田博士將相川丟入地下的機關按鈕。

可是，不知道怎麼回事，無論殿村怎麼踩，屋裡一點動靜也沒有。按常理，明智偵探和小林站立的那個位置的地板應該會打開，可是現在什麼也沒發生。

「哈哈，哈哈，」突然，明智偵探像看到什麼滑稽的事似的，放聲大笑，「喂，你就別耍那套把戲了。那個按鈕不靈了。我早想到你會出這一招，所以在進來之前，已經去地下室把機關拆除了。你再怎麼踩，地道的門都不會開囉。」

明智的手法乾淨漂亮，不愧是大偵探。這回無論對方如何兇狠也無計可施了。

「可惡！」殿村怒火中燒歪著嘴罵道，突然他動起身子，眼看著就要跑進敞開的書架後面那間衣帽間裡去，燈一下子熄滅了，屋內漆黑一團。沒錯，殿村關掉了裝在衣帽間裡的開關，頓時漆黑的屋子裡亂成一片，有叫嚷聲、雜亂的腳步聲，還有尖叫聲，聽得格外清楚。

「大家靜一靜，不要慌。他已經在我們的掌握之中了，而且房間的各個出口都有員警把守，無論屋裡有多黑，他都跑不掉。」這是明智偵探在說話。明智偵探走進這間書房之前，就已經向中村搜查長的部下表明了身分，讓他們把守住通往走廊的出口，以及衣帽間和地下室向外的所有出入口。

屋內出現了一絲光亮，是燭光。中村搜查長發現先前殿村帶他們去地下室時用的蠟燭此時正放在書桌上，就把它點亮了。明智偵探藉著這一絲亮光，走進衣帽間，連同牆上掛衣服的角落都無一遺漏地找了一遍，卻一個人影都沒發現。

「沒有人開過這扇門嗎？」明智偵探朝通往地下室的大門對面問了一句，門啪地開了，門外出現了兩位員警：「沒有，沒人出來過。因為書房一片漆黑，我們倆格外注意呢。」其中一位員警帶著手電筒，明智偵探接過手電筒，把衣帽間又仔細搜查了一遍。不過，仍然沒有發現殿村的身影。他順便又檢查了一下電燈開關。開關的把手已經被殿村弄壞了，燈打不開。接著明智偵探又走進了對面走廊上一間開著門的房間。還沒等他向把守的員警詢問什麼，許多記者已經手牽著手做出阻止對方離開的樣子。「我們這裡一個人也沒有放出去過。」記者們七嘴八舌地說。

為了以防萬一，明智偵探用手電筒照了照房間的窗戶，可是兩扇窗戶緊緊關閉，沒有任何異常。窗子旁邊站著的就是相川工程師和那四個孩子，看來犯人也不可能從這溜出去。殿村可能逃走的地方都沒有發現任何蛛絲馬跡。明智偵探、中村搜查長、小林和記者們把屋子都翻遍了，還是沒有發現可疑之處。難道說蛭田博士會忍術，化作青煙飄走了？

「各位，請站在原地別動。那傢伙就在這房間裡，就混在你們之中。」聽見明智偵探這麼說，大家都站定下來，藉著蠟燭微弱的光線互相打量著周圍的人。畢竟對方是偽裝高手，而且又躲進了這間掛滿衣服、道具的房間，此時說不定他已經改頭換面了呢。

他不可能偽裝成孩子，那麼除去小林他們五個孩子，房間裡還剩下明智偵探、中村搜查長、相川工程師和六、七個記者。也許人群中已經有了兩個中村搜查長。想到這，大家對熟悉的面孔也開始懷疑起來。再加上光線昏暗，僅憑蠟燭那一點微光，看哪張臉都像是換過裝的。

明智偵探拿著蠟燭把大家的臉逐個照了一下，最後該輪到記者們了，明智偵探並不記得所有記者的臉，所以檢查得格外仔細。

「記者先生們，你們一共是六位對吧？」明智偵探問。

「不，是七個。剛才在走廊數的時候一共是七個。」一位記者回答道。「不對，還是六個。因為在走廊時我還是你們當中的一員。」當時明智偵探還沒有自報家門，所以還是一副記者的模樣。

「哦，對，那就是六個。」

「請大家再數一下，是六個人嗎？」

記者們數了數自己的同伴：「不對呀，奇怪，怎麼是七個人呢？」

聽到這句話，明智偵探不由得笑了。「是吧，我剛才也覺得很蹊蹺。」明智偵探不動聲色地嘟囔著，用手電筒向七個人的臉上一個個照了過去。到了第七個人這兒，手電筒圓圓的光圈停住了，一動不動。

「各位，這位先生是哪個報社的？大家記得嗎？」

圓圓的光圈中，一位年輕記者的臉就像電影的特寫鏡頭般顯現出來。他烏黑的頭髮梳得整整齊齊，戴一副圓框眼鏡，鼻子底下蓄著小鬍子。

「嗯，您是哪家報社的？怎麼沒印象？」有兩三位記者表示了同樣的疑問。

「哈哈哈，你們當然不會有印象，他可不是你們的同行。請看，你這裝扮得可真快呀。」說著明智偵探的手就伸到了對方頭上，一把扯掉了他的假髮、眼鏡和假鬍鬚，殿村露出了真面目。再兇狠的人這時也不得不認命，殿村幾乎要哭出來了，沒力氣再說話，雙眼垂了下來。

「你自知無路可逃，才混進人群裡的吧。運氣好的話，可以跟這些記者們一起大搖大擺地走出這間屋子，你是這麼想的吧？哈哈哈，壞人也有沒轍的時候啊。中村先生，把這傢伙抓起來吧。」不等明智偵探說完，中村搜查長的手已經搭在了殿村的肩膀上。他叫來屋外的員警，將殿村的手反綁在背上。至此，怪人蛭田博士終於敗在了明智偵探手上，只能老老實實地束手就擒。

—魔法上衣—

四個幹練的員警綁住了自稱為蛭田博士的青年，將他帶到了紅磚樓房門口。犯人垂頭喪氣的，完全喪失了抵抗的能力。不過即使想抵抗也難以成功，他兩隻手被反綁著，身邊還有四個強壯的員警。

明智偵探、中村搜查長、相川工程師和小林等五個孩子仍在書房，記者們正圍著他們問這問那。明智偵探好像預感到會發生什麼似的，心中仍放不下被帶走的蛭田博士。可是報社記者們為了獲取新聞素材，一個個就像上了戰場的戰士，想從他們的重重包圍下掙脫實屬不易。此外，中村搜查長對他的四個下屬深信不疑，就算發生什麼意外，有他們四人在也包準能化險為夷。這讓一向小心謹慎的明智偵探不由得放鬆了警惕。

然而就因為這稍稍的一放鬆，造成了不可挽回的後果。無論當時在場的員警多麼強悍，人數有多少，也無法阻止。那不是一場強弱的比賽，而是一場智慧的較量。哪怕四個幹練員警的腦袋都加在一塊，也敵不過壞人的歪腦筋。

四位員警將雙手反綁的犯人押出大門，到這裡為止都沒有發生任何異常，一出樓房大門，外面是一條靜僻的巷子，住宅一戶挨著一戶。街燈投射著淡淡的光線，夜深人靜，路上一個行人也沒有。巷子就跟偏僻的鄉村小道一樣昏暗而靜謐。

黑漆漆的路上停著一輛汽車，是警視廳的車，四位員警準備先把犯人開車押回警視廳的拘留所。就在走出大門兩三步的時候，始終牽著捆綁犯人繩索的員警突然感覺胳膊一緊，「糟了，他要跑，不能讓他跑了。」員警想著，手上加了把勁，穩住雙腳，就在這時，他突然跌坐在了地上，犯人一陣風似的逃走了。員警們被弄得摸不著頭緒，跌在地上的員警手裡還緊緊握著綁犯人的繩子。況且犯人是用特殊的方式捆綁的，他不可能自己解開繩索，不對，繩子的一端還繫著他被綁著的手，這到底是怎麼回事？犯人的上衣仍保持著被反綁的樣子，留在了原地。

難道犯人斬斷自己的手臂逃走了？不，他不可能做這種蠢事。但員警確實感覺到他的兩隻手臂從肩膀上卸了下來，而此時大家面前就放著那兩隻手臂。這簡直是魔鬼的幻術，大家背脊發涼，彷彿看到鬼。

不管事情發生得多麼不可思議，追捕犯人刻不容緩。三位員警顧不得扶起同伴，拔腿衝了出去。留在原地的員警坐在地上，拿過繩索，把繩索上拴著的手臂拿起來對著路燈照了照。

這確實是一雙人的手臂，手指的形狀、膚色、彈性，都與用繩索捆綁時相同。可是手怎麼這麼涼呢？員警想看看傷口有沒有出血，特地將手伸進皺巴巴的衣袖裡摸了一下，袖子裡並沒有血，只摸到一個滑溜溜的圓球。

「真奇怪。」員警趕緊站起來，將兩隻被綁著的手臂湊近路燈仔仔細細檢查了一遍。天啊，太令人吃驚了，這是兩隻假手，做得太逼真了，手指的形狀、顏色都與真的一模一樣。

那傢伙到底在耍什麼把戲？他穿了一件縫著假手的外套，又故意讓員警綁住他的雙手，然後趁人不備脫去外套，留下假手逃跑了。這下他故意關掉室內電燈的原因就很清楚了，他早就知道各個出口都有員警把守，他關掉電燈不是為了逃跑，而是為了穿上這件魔法上衣，然後讓明智偵探揭穿他的偽裝，這樣就可以讓大家在昏暗的房間裡將他的兩隻假手臂綁起來。

員警這才恍然大悟，但與其說他感到懊悔，不如說他被這令人難以想像的安排驚呆了。

另外三個員警也沒想到會發生這樣的事，遲疑了兩三秒才追出去，當然無法追上犯人。他們只好眼睜睜地看著十五、六公尺外那個穿白襯衣的身影與他們拉開距離。

如果周圍是鬧區，倒可能讓看熱鬧的人擋住犯人的去路，但這只是一條靜僻的小路，無論怎麼呼叫都沒有意義。三個員警奮力追趕，每到轉彎處都擔心會失去犯人的蹤跡，一刻也不敢懈怠。就在第三個轉角處，街道兩邊出現了長達數百公尺的高牆，巷子更靜僻，犯人終於消失在員警們的視線裡了。

「跑哪去了？我明明看見他轉彎了。」

「奇怪，這兩邊都是高牆，沒有可以藏人的地方啊。」

「你看，那裡有個消防小屋，好像有人。說不定有看到犯人，我們去問問吧。」

三個員警氣喘吁吁地來到了消防小屋門前。

「有人嗎？我們是員警。有沒有看見有人從這兒跑過去？一個男的，只穿了一件白襯衫。」員警大聲詢問，屋裡傳來一個男人睡意朦朧的聲音：「什麼？你說什麼？出什麼事了？」小屋的玻璃門打開了，從裡面緩緩走出一個邋遢的男人，他穿著一件破舊的西裝，腳上一雙拖鞋，頭上戴著一頂破帽子，脖子上用長繩掛著一根木棒，這哪像消防隊？

「哦，是警官大人啊。那個人剛才從這裡跑過去了，他跑得很快。我從窗縫裡看了一眼，是一個穿襯衫的人。他朝那邊跑了，已經跑出兩、三百公尺了吧。」員警們聽完這話，似乎後悔向這個糟老頭打聽似的，一句謝謝也沒說又追了出去。

值班的男子呆呆地站著，目送著三個人的背影，等他們在街角消失後，才突然露出一抹壞笑，拿起脖子上掛的木棒，啪啪地敲了兩下，大概是要出門巡視了吧，他朝和員警們相反的方向搖搖晃晃地走了出去。

—惡魔的真面目—

無奈之下，員警們垂頭喪氣地回到了怪博士家的書房，明智偵探和中村搜查長還沒有離開，因為放跑了明智偵探費力逮住的犯人，員警們都懊惱不已，一個個無精打采。儘管明智偵探對這樣的結果感到遺憾，可是誰能想到犯人會使出那樣出人意料的手段掙脫繩索呢？明智偵探沒有責怪大家，當務之急是趕緊找到怪博士的逃逸方向，找出他的藏身之地。明智偵探立即向員警們提出了一連串的問題。

「你們在追捕時原先只和犯人相隔十幾公尺，轉過幾個街角之後，犯人的身影就完全消失了，這是不是有點太奇怪了？犯人會不會藏在附近哪個人家裡呢？」

「我們一家一家查問過了，也搜查了他們的院子，沒有發現犯人藏匿的行跡。」一位警官一臉困惑地答道。

「你們在追捕過程中，沒有遇到行人嗎？」

「路上一個人也沒有。」

「不會弄錯吧？真的一個人也沒遇到過？」明智偵探緊盯著這個問題不放。

「是啊，一個人也沒遇到……哦，不，對了，要說遇到，我們還真遇到一個人，就是那個值夜班的男人。我們向他打聽犯人的行蹤，可是一點收穫都沒有。」

「什麼？你說值夜班的男人？他是順著犯人逃跑的方向過來的嗎？」

「不是，他在值班的小屋裡。我們從外面敲門，把他叫醒的。」

「這麼說，你們並沒有進那間小屋裡囉？」

「對，當然沒進去，時間很緊迫。」

「也沒有往屋裡張望一下嗎？」

「是的，沒有，您為什麼這麼問？難道說犯人藏在小屋裡嗎？不會吧，值夜班的人再糊塗，如果犯人突然闖了進來，他不可能不知道啊。」員警對明智偵探提出的問題感到不滿，語氣中帶著點情緒。

「你錯了，我跟你考慮的正好相反。我懷疑那時值班人是不是已經倒在屋裡的某個地方。」

「什麼？你說什麼？值班人好得很呢，他還從屋裡出去了呢，怎麼可能倒在屋裡呢？」員警說到一半，臉色就變了，他終於意識到明智偵探提出這些問題的原因。

「這麼說，那個男人是假的……」

「我只是猜想而已，不過，像他那種人幹這種勾當也是很有可能的。不管怎麼樣，我們先去小屋看看吧。」

於是，四位員警帶著明智偵探和中村搜查長向值夜班的小屋走去。他們向屋內叫了幾聲，屋內沒人應答，剛才那個男人早已不見蹤影。明智偵探二話不說，用力拉開了玻璃門走了進去，他迅速打量了一下這間小屋，注意到角落豎立著幾隻裝木炭用的稻草包，立即上前搬開。

果然不出所料，稻草包的背後倒著一個老人。他外衣脫到只剩一件襯衫，手腳被綁、嘴被堵，身體無法動彈。大偵探的推理與事實完全吻合，回答員警問話的那個男人是假冒的值班人員，躺在地上的老人才是真正的值班人。大家幫老人解開繩索，取下口中之物，一邊小心照顧，一邊向老人詢問。老人揉了揉疼痛的手腳，十分懊悔地將事情的經過講述了一番。

當時老人正坐在椅子上打瞌睡，玻璃門突然開了，進來一位穿襯衫的男人。他一句話也沒說就把老人的嘴堵住了，脫下老人的衣服，綁了起來，還拖到屋角用稻草包遮住。

不必說穿襯衫的男人就是裝扮成殿村的蛭田博士，他換上老人的衣服，往臉上塗了一把煤灰，又壓低了頭上的帽子，很快就變了個樣，騙過了趕來追捕犯人的員警。

天色已晚，對方又是偽裝高手，難怪員警們把他當成一個糊里糊塗的老頭，看走了眼。犯人穿過的襯衫和褲子，就扔在老人剛才躺過的地方。

「我真是太大意了，如果我和警官們一起押送犯人就不會發生這樣的事，只怪那些記者太難纏。」明智偵探並沒有責怪員警，反而好像自己失職了似的後悔不已。

「不，不，責任在我。我馬上在全東京拉起警戒線，把東京翻遍也要把他找出來。」中村搜查長把責任都攬到自己身上，抱歉地說。

「你這個做法是沒用的。中村先生，你別忘了他是誰。」

「他是誰？不就是偽裝成殿村偵探的蛭田博士嗎？」搜查長有些訝異地看著明智偵探說。

「不，背後還藏著一個更恐怖的傢伙。如果他只是殿村或者蛭田博士的話，逃了也沒什麼大不了的，孩子們和機密文件都已經找回來了。可是不管是殿村還是蛭田博士，都不過是他偽造的身分，真正的他可沒這麼好對付。」

「什麼？你說什麼？莫非他還有什麼更大的案子要做？」

「中村先生，你沒察覺這次的案件中有一個很大的矛盾嗎？犯人為什麼要自曝罪行呢？蛭田博士偽裝成殿村，將藏起來的孩子和文件都找了出來，這怎麼解釋？答案只有一個，那就是他想復仇。」

「什麼?復仇?他到底有什麼仇恨，要向誰復仇呢?」明智偵探的話讓中村大為驚訝，不禁反問道。

「向我們，我和少年偵探團。」

「什麼?少年偵探團?」

「對，少年偵探團你也不陌生。你好好想想，蛭田博士拐騙的四個孩子都是少年偵探團的團員。」

「對啊，這一點我也知道，不過……」

「他已經達到目的了。因為他的目的已經達到，才把孩子還給我們的。他的目的就是讓孩子們吃盡苦頭。他裝扮成可怕的蛭田博士把孩子們抓來，讓孩子們飽受摧殘，他復仇的目的就完成了。」

「那機密文件怎麼解釋?」

「那不過是懲罰少年偵探團的手段。不僅要讓孩子受苦，還得讓孩子的全家一起跟著受罪。恰好相川泰二的父親是工程師，又保管著這麼重要的文件，所以他讓孩子把文件偷出來，讓他們全家陷入痛苦的深淵。如果別的孩子家也有這麼重要的東西，他一定也會讓他們去偷的，所幸其他孩子家並沒有。」

「這麼說他並非要把文件賣給間諜囉？」

「是的。如果他只是想要錢，又何必大費周章地自己爆料，把文件找出來呢？報紙上說他是什麼間諜、賣國賊，都是莫須有。」

「你的意思是他只不過想讓孩子們吃點苦頭？那他又何必冒險偽裝成偵探來找孩子們的藏身之所呢？把孩子們扔下不管，孩子們不是更難受？」

「沒錯，不過事情發生了變化。」

「什麼變化？」

「我接手這個案件的事被他知道了。他清楚我的實力，只要我接手調查，那麼蛭田博士的身分很快就會敗露，孩子們也很快會被找到。他原先計畫向少年偵探團的所有孩子復仇，而不僅是相川他們四個。因為我接手了案子，那麼蛭田博士身邊馬上就會變得不太安全，所以他終止了拐騙孩子的計畫，轉而將復仇的矛頭指向我。只是他手段再高明，也拐騙不了我。我是將偵探事業視為生命的人，又被人們尊稱為大偵探。如果讓我和其他私家偵探競爭，最後又敗下陣來，豈不是最痛快的復仇手段？我這個大偵探從失敗那天起名譽掃地，而其他人將被冠上大偵探的頭銜，這樣的打擊我怎麼承受得住？他想到了這一點，所以偽裝成駝背偵探，向我發起挑戰，準備將我扳倒。他只要把自己藏的東西找出來就可以了，這麼簡單的事何樂而不為？他覺得自己絕對能打敗我。他讓孩子們吃盡苦頭，達到了他復仇的目的，接下來又用藏孩子的地方來收拾我，想得多美啊。如果我一點準備也沒有就這麼接受了挑戰，那我可能就落入對方的圈套了。還好我有一個像松鼠一樣靈活的助手小林，我讓他偽裝成小乞丐緊緊跟在殿村身後，反將殿村一軍。」

中村搜查長和員警們聽著明智偵探明快的分析，不禁點頭稱是，更感嘆明智偵探細膩的洞察力。不過還有幾件事他們想不明白。

中村搜查長急不可耐地握著兩隻手，打斷了明智偵探的解釋，問道：「不過，像他這樣搞得沸沸揚揚，還不惜以身犯險，這種復仇究竟有什麼意義？難道他瘋了嗎？」

「像這樣瘋狂的犯人，我們印象中應該有一個，無論從偽裝技巧來說，或是沒有傷害孩子性命這點來說，我們應該能直覺地想起一個人吧。少年偵探團是在什麼情況下創立的？對少年偵探團有這種深仇大恨的究竟會是誰呢？你們想想看。」

聽到這兒，中村搜查長恍然大悟，他看了看明智偵探：「哦，你是說……」

「沒錯，我說的就是那個怪盜二十面相。」

明智偵探終於說出了這個恐怖的名字。

怪盜二十面相，就是傳說中那個有二十張不同面孔的紳士盜賊。他擅長偽裝易容，專偷有來頭的藝術品，不貪財，討厭見血，從不使用手槍、短刀等武器。讀過《怪盜二十面相》和《少年偵探團》的讀者，一定都還記得他吧。他是一個不可思議的盜賊。

根據明智偵探的判斷，那個駝背殿村和蛭田博士都只不過是二十面相的一個裝扮而已。不過，在《少年偵探團》結尾，他不是在地下室引爆了裝火藥的木桶，自爆而死了嗎？死掉的二十面相怎麼可能又偽裝成蛭田博士和殿村呢？

中村搜查長沒有提這麼愚蠢的問題，而是直接反問道：「你是說那個二十面相還活著？」

「是的，現在想想，我們都上當受騙了。爆炸當時我們都躲得遠遠的，誰也沒有親眼看到二十面相確實死了。他如果想逃應該是可以逃走的，之後我們檢查爆炸現場也沒有發現他的屍體。事實上，他是瞞過我們的眼睛偷偷溜走了。」

「那你見過剛才那個青年的臉嗎？是不是二十面相的真面目？」搜查長喘著氣追問明智偵探。

「不，我並沒有見過那張臉。那是一個有二十張不同面孔的怪人，剛才那張青年的臉也未必是他的真面目。他真正的面孔誰都沒有見過。」

「你拿什麼來證明？」

「抱歉，我還沒有證據。不過所有的事情都符合我的推測。除了二十面相，還有誰能有這樣高明的手段？我能肯定就是他。」

我們當然無法否定大偵探的推理。這麼說那位絕世的偽裝狂魔二十面相還活著？這到底怎麼回事？那個大盜正大搖大擺地走在東京街頭？

「如果他真的是那個二十面相的話，我們就更不能坐視不管了。我得趕緊回警視廳彙報，必須安排人手抓捕他。」搜查長沒想到自己放跑的竟是這樣一個重要人物，懊悔得就差沒捶胸頓足了。

「你現在著急也無濟於事，一旦讓二十面相逃走，再想抓他可沒這麼容易。他現在一定又躲在別的地方，裝扮成另外一個人，暗自看我們的笑話。不過，你儘管放心，他一定不會就這麼躲著不露面，肯定還會向我們發起挑戰的，這就是他的人生哲學。我們只要做好準備等待他來挑戰就可以了，下次我們絕不能讓他跑了。我以我的名譽保證一定把他抓回來。」明智偵探似乎已下定決心，斬釘截鐵地說。

就在此時，彷彿要檢驗明智偵探剛才說過的話一樣，意想不到的事發生了。

「裡面有沒有一個叫明智的偵探啊？」值班小屋外傳來響亮的說話聲。

明智偵探不由得緊張起來，急忙拉開玻璃門朝屋外看了一眼，夜色中站著一位汽車司機，手裡還握著一張折好的紙片。

「我就是明智。」

「哦，是你啊？有人讓我把這個交給你。」

明智偵探接過紙片，藉著小屋裡的燈光仔細一看，原來是兩張從筆記本上撕下的紙，上面用鉛筆寫著如下內容，字跡潦草，語帶威脅：

明智先生，久違了。

你一定很意外我竟然還活著吧，魔術師的手段就是這麼高明。不過今晚拜你所賜我還真不好過。有點遺憾，這一回合我先認輸吧，但最後關頭你還是讓獵物逃脫了。明智先生，我的復仇大幕這才剛剛拉開，接下來會更可怕，你也好，小林也好，還有偵探團那些小鬼，都給我洗淨脖子等著挨刀吧。我會讓你們好好見識見識我的聰明才智的，看看它究竟有多可怕。

還活著的二十面相字

名偵探的推測一點沒錯。而預想到了這一點，又提前做好準備的二十面相也不笨。這兩位實力相當的對手都把對方的心思摸得一清二楚。

來送信的司機被帶回警視廳，接受了嚴格的調查。可他說自己不過是收了街角一個糟老頭的一張大鈔才答應送信的，其他事一概不知。

就這樣，大偵探和怪盜的智慧之戰展開了。現出原形的二十面相還有哪些陰謀？少年偵探團孩子們的安危還真讓人放心不下。

自打上次的事件發生後，又過了幾天。少年偵探團裡一名小學六年級學生小泉信雄，他放學回家時，一個人從澀谷的小公園前經過。小泉是棒球校隊的隊員，這天練完球才回家，所以比同學們晚了。

正值傍晚時分，天色已暗，行人的面孔都看不清了，小公園格外寂靜，連平時圍滿了孩子的溜滑梯和沙堆附近都不見人影。這個小公園是小泉回家的近路，他每天都從這經過，不過公園這麼安靜倒還是第一次見。安靜得讓人不禁懷疑平時的那些孩子都躲到哪裡去了？

當小泉走到公園中央，遇到了一個髮型像洋娃娃的小女孩，大約五歲，她站在鞦韆前，雙手捂著眼睛正抽抽搭搭地哭。

女孩好像被人遺棄似的，在光線昏暗、空無一人的地方孤零零地哭著，樣子十分可憐。小泉大步向女孩走去，用手拍了拍她的肩膀，看著女孩可愛的小臉蛋問：「怎麼了？你為什麼哭呢？」

女孩放下捂著眼睛的雙手，抬起一雙洋娃娃似的眼睛看了小泉一眼，抽抽噎噎地回答說：「我找不到家。」

「哦，你迷路了啊。你一個人到這裡來的，還是和誰一起來的？」

「叔叔不見了。」

「哦，你跟叔叔一起來的呀，是走散了吧，這可麻煩了。你家在哪裡？遠嗎？」

「就在那邊，我也不知道。」女孩含含糊糊地說道，又哭了起來。

這麼小的孩子，再問也問不出地址來，小泉有些為難。不過，或許孩子身上帶著防走失的名牌呢？想到這裡，他朝女孩的身上打量了一番。真巧，女孩圍兜的邊上掛著一個小小的銀色牌子，上面刻著「世田谷區池尻町二二〇野澤愛子」幾個字。

「池尻町的話就好辦了，坐電車不用十分鐘就能到。我送你回去吧，你家人該有多著急呀。」小泉像是自言自語，說著牽起女孩的手出了公園就向車站走去。

這就是少年偵探團的精神。他們不只要對抗犯人，還要把偵探的智慧發揮在生活當中，為需要幫助的人服務，這是團員們平常的約定。

他們在池尻町下了車，來到二二〇番地，不費吹灰之力就找到了愛子的家。

這一帶淨是一些圍著籬笆牆的大房子，街道有些靜僻，但繞過夾雜在籬笆中的高大木板牆，就可以看見一幢樓房的門口正掛著「野澤」的門牌。

「這裡，這裡就是我家。」愛子拉起小泉的手，高高興興地走了進去。進門一看，房子並不豪華，卻是一棟不小的木結構房子，院子也很大。

愛子興奮的叫聲早已傳入屋內，當他們打開門立刻就看見了一位五十歲左右的男子，他留著落腮鬍，身體健壯。愛子嘴裡叫著「叔叔」，撲到了他的懷裡，這位應該就是和愛子走散的人吧。

「愛子，你總算回來了，叔叔擔心死了。」男子說著摸了摸愛子的頭，這時他發現愛子身邊還站著小泉，就笑著對他說：「是你送她回來的嗎？謝謝，太感謝了，我們家都亂成一團了，正準備打電話報警呢。來，來，快進屋吧。有些事情想問問你，還要跟你道謝，總不能站在門口說話，快，進屋來吧。」

小泉原以為把小女孩送到家就算完成任務，自己也可以回家了。可是這位男子請他進屋，他總不能一走了之，只好跟著進了屋。

進屋後，小泉發現這麼大一棟房子竟然只住著男子和愛子兩個人，除此之外並沒見到女主人、僕人等等。屋內彷彿沒人住似的，空蕩蕩的，讓人感到一絲寒意。不僅如此，男人的樣子也發生了很大變化，花白的長髮梳成西裝頭，嘴唇上留著軍人常見的翹鬍子，下面還蓄著三角形的落腮鬍，戴一副黑框的玳瑁眼鏡，穿了一身寬大的黑色西裝。

各位讀者，看到這樣一身裝扮，你們一定猜到這位男子是誰了吧。沒錯，他就是妖怪博士蛭田，不用說他是二十面相假扮的。儘管小泉對蛭田博士的大名早已滾瓜爛熟，卻一次也沒見過，所以他做夢也想不到站在自己面前的這位奇怪的男人就是二十面相的化身。太危險了，小泉完全沒有意識到自己已經落入了敵人的陷阱。二十面相把小泉請進家中，到底想幹什麼？

而且他利用可愛的小女孩做誘餌，讓她假裝迷路，輕而易舉地把小泉騙過來，手段實在高明。

「真是太感謝了，我簡直沒辦法用言語來表達我的謝意。如果不是你，愛子現在還不知道會遇到什麼可怕的事，這世上還有拐騙小孩的人口販子呢。快，請到屋裡來，我們到裡面慢慢說，我就喜歡你這樣活潑的孩子。你別看我這樣，我可是發明家呢，最近剛好完成了一項大發明，我想給你看看。機器就在裡頭，來，這邊請，你別客氣，你是救了愛子的大恩人呢。」

蛭田博士一副親切的模樣，佯裝笑臉語氣輕柔地說個不停，小泉就像被人推著一般，一步一步地走進了昏暗的走廊深處。他們在走廊裡轉了幾個彎，來到一扇門前，這門比一般的小。蛭田博士往外一推門，做了個請進的動作：「就是這個房間，我的研究室，裡面放著很了不起的機器，快請進吧。」小泉糊里糊塗地按著他的意思走了進去。

房間非常古怪，是個兩公尺長的四方形小屋，窄窄的。屋裡既沒有椅子也沒有桌子，四周的牆壁、天花板和地板上都鋪著鐵板。鐵板牆的一角有一處凹陷，點著一盞像汽車內照明燈的小燈泡。

「機器在哪呢？什麼都沒有啊。」小泉環視了一下房間疑惑地說。留在屋外的蛭田博士將門關了一半，從門縫處探出頭來，突然變了一種聲調說：「你看不見嗎？你所在的屋子就是那個機器啊，了不起的機器，我的重大發明。」就在小泉覺察出不對勁，再次看向他時，蛭田博士已經變成了一副猙獰的面目。

「叔叔，你為什麼站在那裡？怎麼不進來呀？」小泉感到十分害怕，責問起了蛭田博士。「為什麼不進去？哈哈哈，我還不想死啊。雖然機器是我發明的，可是我不敢進去。哈哈哈，你這樣勇敢的孩子正好來做我的實驗品。你老實待著，好戲馬上就要開始了，敬請期待唷。哈哈哈……」

「什麼？你要把我關在這裡嗎？你是誰？你到底是誰？」小泉快速地衝到門口，他想把這個奇怪的男子推開，沒想到門已經關上了，接著又傳來了門被鎖上的聲音。

─恐怖的房間─

小泉對這一切完全摸不著頭緒。他好心把迷路的女孩送回家，自己卻莫名其妙被關起來，這家主人莫非是個瘋子？不過那男子看外表還挺端正的──留著落腮鬍，戴著玳瑁眼鏡，頗有學者的風度。這麼有風度的男子，到底為什麼要把小女孩的救命恩人關起來呢？

不一會兒，不知哪面牆的後面響起了類似馬達發動的聲音，突突突突，很刺耳。小泉像被抬上了外科手術臺似的，嘴裡因為形容不出的恐懼而漸漸乾澀，連話都說不出來了，他這時的臉色一定十分蒼白。又過了一會兒，馬達聲中加進了齒輪的轉動聲，聲音更加嘈雜。也許是心中害怕，小泉感覺這間鐵皮房間好像輕微晃動了起來，他的心臟打鼓般咚咚直跳，我會被折磨成什麼樣？小泉一想到自己將受到的恐怖折磨，就沒辦法再安靜地待著了。雖然他早知道無處可逃，但還是試圖逃出去。他像被追趕的小動物的，眼睛轉呀轉地環視著周圍的一切。他抬頭看了看天花板，不料黑色的鐵皮天花板正以昆蟲蠕動般的速度一點一點地往下降，小泉完全無法相信這惡夢般的現實。他以為自己的眼睛出了毛病，目不轉睛地看了一下子，發現天花板確實在一點一點地往下降，大概一秒鐘降低零點一公分吧，速度不快，卻一刻不停地往小泉的頭頂上降下來。

「叔叔，開門，快開門！」小泉瘋了一樣拼命地砸著鐵皮門。

「哈哈哈，你總算明白了啊，你看到天花板了吧？那可不是普通的天花板，有一公尺厚呢，很重很重的天花板喲。那個天花板馬上就會砸在你的頭上。結果會怎麼樣呢？小泉，你一定很清楚吧？」轉動的齒輪聲中傳來一陣沙啞的嗓音，非常難聽。

小泉背脊發涼，他抬頭看了一眼那厚重的天花板。天花板不知不覺已經從原來的位置上下降了五、六公分，而且還在一刻不停地往下掉。

「叔叔，我知道了。我已經看明白您的發明了，請趕快讓機器停下吧，快點放我出去！」小泉拼命地喊叫著，這時屋外又傳來沙啞的說話聲：「哈哈哈，你還打算出去啊，可惜我絕不會開門的。」

「為什麼？為什麼要這樣對我？你到底是誰？」

「呵呵，我是誰呢？你猜猜。你是少年偵探團員吧？動動你偵探的腦筋，猜猜看，我到底是誰？為什麼要把你關在這間機器房裡？」

「你知道我是少年偵探團的？」

「知道，我當然知道。所以才會用小女孩當誘餌把你引到這裡來。你這個可憐的小鬼，上當受騙了吧。哈哈……」

「這麼說你是二十面相？」

「哈哈哈……，你總算明白了，真是個笨偵探唷。我既是二十面相，也叫蛭田博士，還叫殿村偵探，我還有很多別的名字。現在你知道我為什麼要把你關起來了吧？知道了吧？就是復仇囉。我被你們這些小鬼偵探害得好慘，所以打算感謝感謝你們。現在你就好好參觀我發明的機器吧，哈哈哈……」說完這話，沙啞的惡毒笑聲漸漸消失了，二十面相沒有把機器關上就走了。

小泉簡直要瘋了。他一邊大聲叫喊，一邊將整個身體朝大門撞去，鐵門紋絲不動。就在這時，他忽然覺得頭被什麼壓住了，抬頭一看，天花板已經降到人無法站直的高度了。儘管知道沒用，小泉還是使勁用雙手將冰冷的鐵皮天花板向上頂去，然而光靠人的力氣怎麼可能頂住這架機器呢？拼命推天花板的雙手慢慢垂了下來。

又過了一會兒，小泉只得蹲下身子。即使如此天花板還是不斷地往下降。仔細想，那麼高的天花板降到這個位置，只用了不到十分鐘。按照這個速度，再五分鐘小泉就被壓扁了。

「媽媽，快救救我！」小泉這樣的少年頓時成了弱小的孩童，不顧一切地大聲喊起了救命。不知從哪兒又傳來了那個沙啞的聲音：「哈哈，怎麼樣？小泉，這滋味很過癮吧？別怕，不用擔心，我不要你的命。我只不過想教訓教訓你，好讓你別再反抗。怎麼樣，知道厲害了吧？」

小泉像做了一場惡夢似的，渾身都被汗水溼透了，順著聲音的方向，他看見鐵皮牆壁上開著一個二十公分大小的四方小窗，化裝成蛭田博士的二十面相從裡邊露出了一張臉，小泉一點都沒發現原來在這個地方還有一個窺視的暗門。

「哈哈哈，害怕了吧，臉都嚇白了。你現在可以放心，我已經關掉機器了，對你的懲罰到此結束。我現在就放你出來，但是在放你出來之前，我還要你寫點東西。這有紙和筆，我怎麼說你怎麼寫，可以吧？如果你不寫我馬上把機器打開。你要是不想讓我開機器，就拿起筆照我說的寫，其實也沒什麼，很簡單的幾個句子而已。」二十面相輕聲細語地說著，將紙和筆從窗子遞了進來。

—怪老人—

讓我們轉換一下場景。就在小泉遭受逼迫的半小時後，小泉家附近的神社樹林中走來一位四十多歲的紳士，他身材壯實，只穿了和服的外套，沒戴帽子，手裡拿著手杖。這位紳士就是小泉信雄的父親小泉信太郎。信太郎是一位富有的企業家，身兼幾個公司的重要職位。每天從公司回家後，吃過晚飯他就會到附近神社的樹林裡散步。

今天晚飯吃得有些晚，所以他出來散步的時間也延後了。神社裡暗得幾乎什麼都看不見，不過散步是他的習慣，一天不去就好像哪裡不對勁的，所以即使樹林裡再暗，他還是緩緩地走著。今天晚飯為什麼會晚了呢？因為獨生子信雄一直沒從學校回來。大家想也許是練習棒球耽誤了，所以等了一會就先開飯了。

小泉家在澀谷區的櫻丘町，離二十面相的藏身之所世田谷區池尻町坐電車也就十分鐘的距離。誰都沒想到就在他們的眼皮底下，家中的寶貝信雄竟經歷了那樣的恐懼，他的父親還一如往常悠閒地散著步。

「請問，是小泉先生嗎？」突然黑暗中有人打招呼，信太郎驚訝地轉過身去，只見大樹背後站著一位衣衫襤褸的老人，頭髮鬍鬚都花白了，正衝著自己不懷好意地笑。

「是啊，我姓小泉。您是哪位？」信太郎一邊回答一邊瞪大眼睛想看清對方究竟是誰，可是他怎麼也想不起來自己認識的人中有這麼一位老人。他衣著破爛，還有亂蓬蓬的落腮鬍，人不人鬼不鬼，給人的印象很不舒服。「嗯，您不認識我也不奇怪，我們今天是初次見面。其實，我有些話想和您說，呵呵。」

這老頭真是令人不快，突然從昏暗的大樹背後鑽出來，笑聲尖細，還說有什麼話想說。是乞丐吧？不對，乞丐不可能這樣說話。

「不知您想說什麼？如果是比較複雜的問題，還是請您到我家裡去談吧。」信太郎提防著這位素不相識的人，態度不免冷淡。

「呵呵，問題沒那麼複雜，就是想談談您家的孩子……」

「什麼？你說信雄？信雄怎麼了？」信太郎感覺老頭話裡有話，趕忙問道。

「呵呵，您看看，就知道您會感興趣的。信雄今天從學校回來了嗎？現在在家嗎？」

「沒，我出門之前他還沒有回來，不知道他今天怎麼回事。你知道信雄出什麼事了嗎？」

「到剛才為止他一直在和我聊天呢。」

「什麼?聊天?信雄現在在哪裡?」

「呵呵，這個我不能說，不過我知道地方，根據您的表現，我可以決定何時讓他回家。」

「我的表現?你這話什麼意思?你是說你把信雄藏起來了?」信太郎的語氣急促了起來。

「呵呵，您這麼激動對我們的談話一點幫助都沒有。來，您先看看這個，看完以後您就明白了。」說著怪老頭從口袋裡拿出兩張寫了字的紙遞給信太郎。

「那裡有盞路燈，您到燈下去好好看看吧。」信太郎本來不想理會這個怪老頭，打算就這麼走掉，可是看到這有些蹊蹺的紙片就忍不住想看一眼。他走到路燈下，將紙片對著光，只見第一張紙上竟然是兒子信雄的筆跡，紙上寫著可怕的內容：

爸爸：

我遇到壞人了，現在非常非常難受，難受得都快要死了，您趕緊來救我啊。只要您按照這個老頭的要求做，我就能得救。求求您了，趕緊把我從痛苦的深淵裡救出來吧。

小泉信雄

信太郎讀到這裡，臉色頓時變得慘白，他彷彿聽見信雄正在拼命地向他求救。他趕緊又讀起第二張紙片。

今晚十二點整，帶著你家傳的雪舟◢山水畫軸到駒場練兵場東側的小樹林來。那裡有一輛小汽車，你把畫軸交給汽車裡的人，信雄立刻就會回到你身邊。你只能一個人來，不許帶同伴。如果報警的話，信雄就永遠不可能回家了。

致小泉信太郎先生　二十面相字

看來二十面相那樣折磨信雄不僅僅只是為了向少年偵探團復仇，他還想利用信雄滿足他收集藝術品的怪癖，這也太自以為是了吧。

雪舟的山水畫是小泉家的傳家之寶，也是非常有來歷的國寶，如果想出售的話，那可是天價。而二十面相卻放話威脅若不拿它換，他就不放信雄。

「呵呵，您看懂了吧？那就趕緊請您回個話吧。」怪老頭瞅著看信的信太郎言語

◢雪舟：日本室町時代水墨畫畫家，被譽為「日本水墨畫始祖」。

刻薄地催促著。信太郎一時想不出該如何作答，不用說他肯定想救出兒子，可是這就意味著他必須將國寶拱手奉上。「如果我不照做呢？」信太郎瞪了老頭一眼怒斥道。

「信裡都寫著呢，不是嗎？您兒子就永遠回不來了啊。」從他的口氣推斷，他應該不只是一個單純的送信人，一定是二十面相的手下。

對方就一個人，還是個孱弱老人，把他抓住，直接送去警察局，不但可以救出信雄還不用交出傳家寶。「對，就這麼辦。我總不至於連個糟老頭都制伏不了吧？」信太郎暗下決心，握緊了手杖就向老頭走去。

「唉呀，您神色不對，怎麼了？不會是要動我的歪腦筋吧？」老人一驚望向信太郎。

「你知道二十面相的藏身之處？那麼肯定也曉得信雄現在在哪吧？你給我過來，我要把你交給員警。」信太郎大聲吼道一把抓住了老人。

哪知對方就像一隻鳥似的迅速閃了開來，剛才還步履蹣跚的老人，這一刻簡直就是個年輕人，昂首挺胸地站在夜色裡。緊接著他從口袋裡掏出一樣東西，舉起右手指向了信太郎的鼻子，原來他手裡有槍。

「別幹蠢事！你這麼不配合，別說是你兒子了，就連你也自身難保。哈哈哈，我還不至於弱到能被你抓住。」老人的聲音都變了，變得年輕洪亮，完全就是一個年輕小夥子啊。為了欺騙對方，他故意將自己裝扮成一個糟老頭。

小泉嚇得一動也不敢動，被槍指著鼻子，他哪裡還能反抗？

「哈哈哈，想跟二十面相硬碰硬？這就是下場。明白了嗎？不照著紙條上的命令做我可就不客氣了，你兒子信雄將永遠消失。是要捨孩子還是棄收藏，你可要考慮清楚了。另外我還得告訴你，二十面相可是一個魔術師。誰也不知道他長什麼樣，藏在哪兒。你只要隨便一動就會被發現，所以你最好還是小心點。哈哈哈，今晚十二點，他一定會等著你的。」

老人舉著手槍一步一步地向後退去，不一會就消失在黑暗的樹林裡。不過，他的人影消失了，刺耳的笑聲卻久久不散。

好一陣子信太郎都沒回神，只是呆呆地站著，等他清醒過來才懊悔地自言自語道：「原來我一直在和二十面相說話，剛才的老人就是他偽裝的啊。」

—大偵探的妙計—

半個小時以後，小泉信太郎在自家書房的大書桌前坐了下來，他手裡握著電話聽筒說：「喂，請問是明智偵探事務所嗎？我是澀谷的小泉，明智先生在嗎？」小泉和明智偵探是同一家社交俱樂部的會員，交情不算深，但也通過幾次電話。因為有這一層關係，聽說信雄要加入少年偵探團，他也沒有反對，把孩子放心地交給了明智偵探。不過他做夢也沒想到自己竟會惹上這樣可怕的案子。

這次的事他沒辦法報警，一旦報警，就會被那個狡猾的二十面相察覺，到時候不知道會遭到怎樣的報復呢。於是，信太郎想到了明智偵探。明智偵探和自己既算是認識，又關係到少年偵探團，他肯定會竭盡全力把事情處理好。這時電話那頭傳來了明智偵探的聲音。

「是明智先生嗎？我是小泉。實在不好意思，打擾您了，發生了一件需要您立即幫忙的事情。這事電話裡說不太方便，不知能不能跟您見個面？總之是出大事了，非得請您幫忙不可……，啊，您要過來？謝謝，謝謝。您那裡的小林知道我家。嗯，那我等著您。」

小泉放下聽筒，長長地吐了一口氣，幸運的是碰巧明智偵探在事務所，只要有明智偵探的幫助，就有可能想出好辦法來對付敵人，救出信雄，同時還能保住祖傳的畫軸。信太郎想到這心裡總算踏實了一些，蒼白的臉上也恢復了血色。

可是就在信太郎專心跟明智偵探講電話的時候，書房一角發生了一件怪事，信太郎身旁的玻璃窗外出現了一張奇怪的面孔，頭髮花白、留著落腮鬍的老人正湊著玻璃窗往房間裡看呢。

窗外是一個大院子，不知道他是什麼時候，又為什麼進來的。怪老人也就是二十面相，在院子裡死死地盯著信太郎打電話的樣子，彷彿一條蛇正等著牠的獵物。剛才老人假裝離開神社的小樹林，實際上一直跟著信太郎。當他看見信太郎放下聽筒，立刻低下頭從昏暗的院子裡消失了。當然，信太郎對這一切毫不知情。

二十面相假扮的怪老人穿過院裡的樹叢，來到後院牆邊，一個縱身，猴子似的輕巧地翻過了院牆。牆外的馬路上一個行人也沒有，二十面相若無其事地穿過馬路，急急忙忙地向熱鬧的商店街走去，他走進十字路口的公共電話亭，拿起聽筒撥了明智偵探事務所的電話。

這到底是怎麼回事？二十面相給明智偵探打電話？難道又有什麼出人意料的勾

當？這究竟意味著什麼？這位怪盜又在耍什麼花樣？實在太讓人放心不下了。

先把這些問題放一旁，我們回過頭來看看小泉家這天晚上都發生了些什麼。就在信太郎放下電話後二十分鐘左右，他家門前傳來停車聲，西裝筆挺的大偵探到了。

望眼欲穿的信太郎親自出門迎接，把明智偵探請進了房間，打發了家裡的僕人後詳詳細細地向偵探講述了事情的經過。聽完了所有敘述，偵探一時沒有說話，他的手交叉在胸前，思考了一下子，等他抬起頭時，似乎已經想出了一個好主意，他語氣輕快地回答道：

「小泉，你答應他的要求，這次一定讓他栽一個大跟斗。我們不但會把信雄救出來，畫軸也不用給他，而且還要把他抓住。老實說我正等著他呢，我和他之間可是有好幾層仇的，這次的事正是我盼望已久的機會。再加上信雄又是因少年偵探團的身分才遇上這樣的事情，所以我必須負責，一定會把他平安地救回來。」

「謝謝，聽到您這麼說我也就放心了。不過您打算怎麼救信雄呢？您知道他藏在什麼地方嗎？」

「這個我還不知道。」

「那您準備……？您的想法我還沒完全領會。」

「他不是要你拿畫軸去換孩子嗎？」

「是啊，是啊。所以不把畫軸交出來，大概就沒法換回信雄。」

「那你就把畫軸交給他。」

「什麼？您是讓我交出傳家寶嗎？」

「不，不，我不是讓你把雪舟的畫軸交出去，而是給他一幅類似的。你家應該有其他畫作，即使送給小偷也不感到可惜的那種。從當中找一幅跟雪舟相像的，我們調個包。」

「這主意好。不過他能上鉤嗎？他不會蠢到連畫都不看一眼就收下吧？」

「哈哈哈……，你隨隨便便一交他當然不會上當，我們得耍點花招。二十面相可是個中高手，不過我也不會輸給他，你就放心吧。」

「您說要耍花招？到時候去送畫軸的是我自己，我能勝任嗎？」

「哈哈哈，不好意思，你肯定沒法勝任，這事只能我來幹。」

「這麼說得由您代替我去？可是信上說不是我自己去他們就不把信雄放回來。」

「我早想到會是這樣，所以事先準備了一些東西。這些就是我準備的道具。」明智偵探拿過放在腿邊的一個小包，拍了拍。「能不能借用一下夫人的化妝室？」他的話有些莫名其妙。

「什麼?化妝室?您打算做什麼?」

「你馬上就會明白的，有些事想拜託夫人，能不能幫我引見一下?」

信太郎不明白明智偵探到底想幹什麼，但知道其中必有緣由，就照明智偵探說的叫來了妻子，替他們互相介紹，讓妻子把偵探帶去化妝室。信太郎回到座位坐下，邊抽菸邊等著明智偵探。過了大約十五、六分鐘，突然廊下的拉門開了，進來了一個人。

信太郎聽見動靜轉過頭去，他看了來人一眼，卻發出了驚訝的叫聲，還不由得站起了身。因為門口站著一個跟他長得一模一樣的人，從面孔到身高分毫不差，那人正衝他笑著。信太郎感覺自己站在了一面大鏡子前，正和鏡中的自己面對面。一時間，信太郎甚至懷疑自己的眼睛出了問題，以為在做夢。不過這的確不是夢，因為那個人正朝他這邊走過來，一屁股坐在了剛才明智偵探坐過的位子上。

「哈哈，小泉，你的臉色有些不對勁啊。我這個變裝連你也看不出破綻啊，是我呀，明智啊。」那個人笑嘻嘻地坦白道。

「啊，原來是你，嚇了我一跳。我還以為自己腦子出毛病了呢。實在太像了，就跟照鏡子一樣。」

「剛才聽你說話時，我仔細地觀察了你的臉，牢牢地記在心上。然後我戴上假鬍鬚、假頭套，又用了些海綿，在臉上化了妝，再做了一些祕密的技術工作。接著請夫人拿了幾件你的衣服和襯衫。怎麼樣，我這個替身不錯吧？」

「天啊，連聲音都一模一樣，太神奇了。我從不知道你還有這麼一手。太棒了，這樣一來，不管是誰也不會識破。」

「哈哈，連你都這麼說，那就真的天衣無縫了。好了，就讓我這個替身去嚇唬嚇唬二十面相吧。接下來我們還得給畫找個替身。我想先看一下雪舟的那幅畫，然後再儘量找一幅不讓對方起疑心的替代品。」

「好的，那請您跟我到倉庫去一趟吧。」信太郎對明智偵探高超的化裝術佩服得五體投地，心想如果按這個作法，包准萬無一失，他興高采烈地拿起手電筒，在前面帶路。

不愧是藏著國寶級貴重物品的地方，倉庫的大門防守得很嚴實。開鎖拉開大門後，還得打開一個內側的窗門，上面罩著重重的鐵絲網。他們走進倉庫裡邊，看到一個類似保險櫃的鐵箱子，對上密碼才能開啟。信太郎從鐵箱子裡，取出一個狹長的桐木盒子，小心翼翼地打開，再將雪舟的山水畫展開放在了明智偵探面前。

「哇，真是不錯，就連我這個門外漢看到這樣的名畫，也會被打動的。看這用筆，難怪二十面相那麼想得到它，那傢伙在這方面可是行家，眼光獨到得很。」明智偵探拿手電照著信太郎展開的畫軸，一邊看一邊讚嘆。

「是啊，這是我們家傳了七代的寶物，很有來歷的珍品。如果這次真的不用交出這幅畫就能解決問題的話，實在感激不盡，事情解決後我一定重重酬謝您。」

「你儘管放心，這次這件事不只是為了你，也是為自己報仇，不抓住那傢伙我實在咽不下這口氣。就請你給我找一幅尺寸相仿的替代品吧。」

明智偵探把畫放下，信太郎仔細地將畫軸捲起來裝好。「這好辦，我早有準備，請您等一下。嗯，就是這個。這幅畫裝裱得非常不錯，卻不是什麼名家的作品。就算被那傢伙拿走，也沒關係。」說著他從倉庫牆壁的架子上取出一個黑色的桐木箱，交給了明智偵探。

明智偵探打開箱子展開畫軸，放在手電筒前看了看，又把它原樣卷了起來，然後放在雪舟的畫軸旁邊比了比。「嗯，軸頭用的都是象牙，顏色相近，裝裱的古舊感也差不多，兩幅畫區別不大，就用這個。喔，畫箱上都寫著字啊，那必須拿這個真畫箱去了，否則一看就穿幫了。為了不弄砸，我們把假畫裝在真箱子裡，雪舟的真畫裝進假箱子。嗯，就這樣。這邊是雪舟的真畫，箱子換了一下，感覺有點怪，不過沒錯，你把它放回原處吧。」信太郎照明智偵探的要求，接過木箱子，把它放到了鐵箱裡，關上門轉動了密碼盤。

他們倆走出倉庫，鎖上門，回到原來的座位上。明智偵探將裝有假畫的箱子，用女僕拿來的包袱布仔仔細細地包裹。一切準備就緒，這時已經是晚上十點了。

接下來他們喝了一些珍藏的紅酒，吃了一頓簡單的西式點心，手持酒杯談了些話，就到了該出發的時間。

「喔，已經十一點半了，我該出門了，去晚了可不好。那我這就出發了，我肯定會把信雄帶回來的，請放心。」偽裝成信太郎的明智偵探站起身，打了個招呼。信太郎最後叮嚀了幾句，將明智偵探送出家門。

—二十面相的魔術—

回到座位上的信太郎心中七上八下。兒子到底能不能平安回來？如果假畫露了餡，那兒子就危險了。想到這些，他坐立不安，不時地望向時鐘。

信雄的母親小泉夫人也是一樣的焦急，她坐在丈夫身旁，兩個人臉上都慘澹無光，他們互相交換著憂慮的眼神，誰也無心交談，只是一味地等著。十分鐘、二十分鐘、三十分鐘，時間怎麼過得這麼慢啊？偵探已經走了好久好久了吧？信雄的母親心跳得厲害，真擔心她會不會因此患上重病，危及生命。

不過，時鐘並沒有停止轉動，它在不知不覺中指向了深夜一點。終於，盼望已久的門鈴聲響了，就在女僕發出的慌亂聲響之後，走廊上傳來了急切的腳步聲。

「這不是信雄嗎？」母親拉開門，向對方跑去，激動得幾乎要跌倒了。

「媽媽！」孩子一路叫著，跟母親一同來到了座位前，的確是信雄。

「信雄啊！」信太郎不由得站了起來，「你總算回來了，我和你媽擔心死了。那個，明智偵探……」

「什麼？明智偵探？」信雄訝異地反問道。

「怎麼，你沒見到偵探？明智偵探偽裝成爸爸的樣子，去二十面相那兒救你了呀。你沒看見他嗎？」

信雄從傍晚起就沒好好休息過，這時累得坐在屋裡就不動了，他抬頭看了看父親，神色更加驚訝：「我沒見過那樣的人啊，真怪。」

「那你是怎麼逃出來的？不用說，你剛才一直和二十面相在一起對吧？」

「是的。爸爸，你看到我寫的信了嗎？那是二十面相逼我寫的，不過內容都是事實。我現在想起來都覺得很可怕，那些事太恐怖了。」

接著信雄把傍晚發生的事結結巴巴地簡單敘述了一遍。

隨著信雄的講述，父母就好像看到了那個會移動的天花板正朝自己兒子頭上壓下來一樣，膽顫心驚地捏緊了拳頭，手心都溼了。

「逼我寫完信以後，二十面相就出去了。我等了半天也不見他來放我出去。雖然天花板已經不動了，但我擔心自己會餓死，害怕得要命。感覺過了好久好久，彷彿有一個月那麼長，沒想到還只是這天的深夜。就在半小時前，鐵皮房門外響起了開門聲，二十面相拿鑰匙把房門打開，跟我說可以回家了。我一看門開了立刻就跑了出來，不過房間外一個人也沒有，二十面相一定是躲起來了。我心裡害怕所以拼命地向大門口跑，他的啞嗓子就像追著我一樣，跟在我身後。但我記得很清楚，他叫我回家以後要爸爸給明智偵探打電話。」

「讓我給明智偵探打電話？這怎麼回事？他不是隨便說說的吧？」

「不會的，同樣的話他說了好幾遍，一直到我跑出大門，他還在我身後吼叫著。這事很重要，要我別忘了。」

「哦，那我們就打個電話給明智偵探，他不知道怎麼樣了，大概還沒回來吧？到現在一點消息也沒有，挺奇怪的。」

信太郎趕忙走進書房，他拿起桌上的電話撥通了明智偵探事務所的號碼，沒想到偵探在，很快聽筒那端就傳來明智偵探的聲音。

「信雄已經回來了，讓您費心了，非常感謝。我還以為您會來我家一趟呢……」

「什麼？你說什麼？沒有搞錯嗎？」明智偵探的回答讓人有些意外。

「我是說托您的福，我兒子已經平安到家了。」

「你這話是什麼意思？我有事外出剛剛回來，你兒子怎麼了？對了，你傍晚來電話說有重要的事情要找我商量，後來又來了一通電話讓我不用去了，所以我就出去忙別的事了。」

「什麼？您說我打了兩通電話？」

「是啊，你不記得了？」

「不對，我只打過一通電話。不，不對，您不是還到我家來了嗎？然後說偽裝成我，把那個畫軸……」

「喂，我有點糊塗了，是不是有什麼誤會啊？到底出什麼事了？孩子怎麼了？」

信太郎聽偵探這麼說，不由得大驚失色，臉色頓時變得煞地發白：「這麼說，您沒來過我家？」

「是啊，沒有去過，可是你說我到你家去了吧？真奇怪，莫非這事又是二十面相幹的？」

「是的，二十面相綁架了我兒子，不過他現在已經平安回來了。」

明智偵探聽到二十面相幾個字，聲音立刻產生變化：「等一下，這種事電話裡說不方便，如果你不介意的話，我這就去你那。」

「是嗎？您能來那就太好了。我等您，請您過來吧。」放下電話，信太郎悶悶不樂地坐在座位上發呆，久久沒有移動。三十分鐘後，也就是深夜一點半左右，小泉家的客廳燈火通明。圓桌邊圍坐著明智偵探和助手小林，他倆剛驅車趕來，小泉信太郎和信雄也在，四個人湊在一起討論著今天發生的事。

「這究竟是怎麼回事？我一點都沒弄明白。按照你說的，先前那個明智是假的，他長得就跟我一模一樣，是個很像的替身。」

信太郎一臉不相信的表情。

「後來假明智又偽裝成你的模樣。他的裝扮如何？」明智偵探這麼問，讓信太郎很吃驚。

「真令人難以相信，那個男人只花了十幾二十分鐘，就變成了我的樣子。他好像妖怪似的，可以任意改換自己的容貌。」

「是啊，在東京只有一個人能做到這一點，那男人的手段就是如此之高，他的確擁有二十張不同的面孔。」

「您說什麼？那他是？」信太郎臉色驟變大叫了起來。

「沒錯，就是二十面相，他最樂於搞這種大膽的把戲。除了他，還真想不出有誰手法如此高超，一定是他假扮成我到你家來的。他知道你給我打過電話，然後馬上模仿你的聲音又給我打了一次電話，叫我不用過來了。這樣他就可以冒充我來你家了。」

各位讀者，明智偵探的這番話讓你想起什麼了嗎？昨天傍晚偽裝成怪老人的二十面相偷聽了信太郎打給明智偵探的電話，馬上去了一趟公共電話亭，就是為了這件事。

「但事情還是令人費解。就算那個男人冒名頂替，可是卻對我很友好，還想辦法讓我既不用交出雪舟的畫又能解決問題。他拿著假畫去見二十面相了，難道二十面相自己騙自己？這有些說不過去。」信太郎仍舊想不明白。

「十分遺憾，受騙的不是二十面相，而是你自己啊。」明智偵探說道，好像一切都已經了然於心。

「什麼？您說我受騙了？」

「雪舟的真跡你藏在哪裡？」

「在倉庫，倉庫裡還放著保險櫃，畫軸安全地放在那裡面。」

「你快去查看一下保險櫃，恐怕雪舟的畫已經不在裡面了。」

「什麼？您怎麼知道？」

「別問這麼多，趕緊先查看一下保險櫃。」明智偵探言之鑿鑿，信太郎不由得臉色慘白。「您稍等一下。」他丟下一句話後慌慌張張地離開了客廳。難怪他驚慌，那畫軸可是國寶級的祖傳之寶啊。

過了一會，門口出現了信太郎失魂落魄的身影。「您說得沒錯，我受騙了，被那傢伙耍的花招騙了。他說為了騙取敵人的信任，要把假畫裝在真畫盒子裡帶走。他一定是在換盒子的時候，耍了花樣。剛才我看了一下保險櫃，裡面只有那幅假畫，本來應該由他拿走的，早知道會這樣，再小心點就好了，現在一切都無法挽回了。」信太郎說著一屁股跌坐在安樂椅上，垂頭喪氣的。

說話的鎧甲

信太郎太過震驚以至於一時半刻連說話的力氣都使不出來，他一言不發地坐了好一會，等他再次抬起頭時，好像已經徹底沒了主意，他說：「明智先生，那傢伙也算遵守了承諾。他偷走了畫軸，卻放回了信雄。如果那只是一幅一般的名畫，看在他沒有傷害信雄的分上我也就不計較了，可是雪舟的畫是國寶，這可不是我個人的損失，它關係到整個日本美術界。明智先生，您能不能想個辦法把那幅畫討回來？」

明智偵探十分遺憾地看著主人的臉，想了想說：「事到如今，的確非常棘手。就算我們找上門，他恐怕也逃走了。所幸信雄知道他的住處，我們不妨立刻動身前去搜查一下。信雄，你能帶我和小林去那棟房子嗎？」

「有先生和小林在我就不怕了，我帶你們去，我知道在哪兒。」信雄剛剛吃過母親親手做的飯菜，肚子飽飽的，幹勁十足。加上又是給平日裡最敬佩的明智偵探帶路，勇氣更增添了幾分。跟信太郎商量了一番，明智偵探帶著小林和信雄坐上門口的汽車，出發前往世田谷區的池尻町。

他們在距離樓房一百公尺的地方下了車，裝作普通路人的樣子走到了房子大門前，只見大門和兩個小時之前信雄逃離時一模一樣，沒有上鎖。

「二十面相果然已經不在了。不過，我們還是進去搜查一下，說不定能發現什麼線索。」明智偵探小聲嘟囔了幾句，一個人先進了大門。

樓房的門關著，轉動門把，門就開了。房內黑漆漆的，簡直就是一幢空樓。

「小林，拿手電筒來。」明智偵探話音剛落，小林的手就在黑暗中晃動了幾下，接著對面牆上亮起了一個光圈。明智偵探借著光線找到了電燈開關，按了下去，奇怪，按了好幾下燈都沒有亮。一定是二十面相意識到有人會在信雄回家後來這裡搜查，所以逃跑前故意切斷了電源。

「沒辦法了，我們只能靠手電筒的光線往裡走。小泉，你還記得關你的那間鐵房子在哪嗎？」

「在最裡面，沿著走廊一直走，我來帶路。」信雄說著接過小林手裡的手電筒，晃動著燈光向走廊深處走去。信雄走在走廊上依然心有餘悸，他感覺蛭田博士就在附近，那張留著落腮鬍的臉隨時會探出來，並用手槍對準自己的鼻子。幸運的是，這樣的事並沒有發生，他們來到那間天花板會移動的房間。

「就是這啊。你被關在這間房間，看到天花板一點點降下來，一定嚇壞了吧？那傢伙怎麼能想出這麼殘忍的刑具。」明智偵探一邊小聲說，一邊繞到房間後檢查了一下控制天花板的機關，又回到房裡，藉著光查看了地板和牆壁。不過沒找到什麼線索，他讓兩個孩子把整座樓裡的房間都仔細檢查一遍。

所有的房間都沒有上鎖，三個人沒費什麼勁就查了每個房間，他們用手電筒照了地板和牆壁，房間都是空的，沒有家具也沒有物品，地上連一張紙片都沒有。就這樣他們仔仔細細地檢查完了三個房間，走進了房子正中那間最大的房間。

走在前面的明智偵探剛踏進房間，突然，真的很突然，不知道從哪裡傳來了人的笑聲。哈哈哈哈，笑聲十分響亮。一直以為這是一個空房間，卻突然聽見笑聲從黑暗之中傳出來，三個人的驚嚇程度可想而知，就連明智偵探也不由得停下了腳步。

就在幾個小時前，信雄才遭遇了那麼可怕的事，不禁在心裡大叫一聲：「糟了，又來了。」一心想趕緊逃走，他的臉現在像是看到鬼的，嚇得發白。

「哈哈哈，明智先生，你辛苦了。你是來要回國寶的吧，還是來抓我的？不好意思，我還沒笨到會被你這種愚蠢的偵探抓住。」黑暗中，聲音放肆地笑著。

原來是二十面相，原以為他逃走了，沒想到他還藏在這幢黑暗的空樓中，像野獸似的等待著對手明智小五郎。明智偵探聽到這，立刻擺出架勢，從信雄手中拿過手電筒朝發出聲音的方向照去。

可是房裡一個人影也沒有。和之前的三個房間一樣，這房間也是空的。啊，原來如此，這間房間和其他房間有所不同，進門處的小候客室連接一間小房間。現在手電筒光線裡出現了一扇連結兩間房間的門，二十面相就在門的後方大聲說話。

二十面相如此膽大其中必有原因。黑漆漆的小房間一定有什麼大家想像不到的可怕陰謀正在等著他們三個。

信雄想到這不禁毛骨悚然，後背發涼，如同置身在鬼屋一般，心臟噗通噗通跳得很厲害。但明智偵探畢竟不同於凡人，他一點也不害怕，大步走近那扇門，一把打開，然後他晃了晃手中的手電筒，走進了那個寬敞的房間。小林也精神抖擻地跟了進去。看到這個情景，信雄再害怕也不能退縮了，將來若被小林重新提起，可是會讓少年偵探團嘲笑的了，信雄鼓起勇氣，也跟著他倆進了小房間。

說了這麼多，還誤以為三個人在聽到二十面相的笑聲後猶豫了很久，實際上只是前後一、兩秒的事，他們的動作都很快。

二十面相恐怖的笑聲一刻也沒有停止過。「喂，明智先生，我實在是太高興了。我們積怨已久，這次既將你手下的孩子折磨了一番，又拿到了珍貴的國寶，也算是對我的獎勵吧，這麼有利可圖的買賣，我今後還會繼續下去的。況且你那還有一半孩子沒享受過我的禮遇呢，像小林他們。收拾完這些孩子，就會輪到你，我打算最後一個款待你。放輕鬆點，才更有趣，不是嗎？哈哈哈……，到時候你可別哭，你最好開始有心理準備。」

明智偵探一踏進房間，二話不說就把手電筒照向發出聲音的地方。奇怪的是，這間房間也是空的，什麼也沒有，連二十面相的影子也沒看到。

窗戶是關著的，除了他們進來的那扇門沒有其他出口。而且也沒有能藏人的桌子、椅子什麼的，完全是一間空房。他們三個環視了一下這黑漆漆的大房間，小林像是發現了什麼。「那裡好像有人。」小林輕聲說著，拿過明智偵探手中的手電筒，朝房間的一角照了過去。

手電筒的光圈裡出現了一個怪模怪樣的東西。是西方古代的鎧甲，從頭盔到甲冑都是鐵製的，彷彿圖畫中騎士穿的那種，閃著陳舊的銀光立在房間的角落裡。它站的位置非常內側，所以剛才大家都沒注意到。在一個空蕩蕩的房間裡，放著這麼一個誰也想不到的西方鎧甲，實在讓人感覺不舒服。

明智偵探準備好好檢查一下這副鎧甲，他邁步走了過去，就在離鎧甲還有一公尺左右時，笑聲又在房間裡迴響起來。回音大得有些可怕，明智偵探不禁向後退了一步。與此同時，笑聲停了下來。偵探準備再往前走時，笑聲彷彿跟他的行動同步似的又響了起來。

聲音究竟是從哪裡傳過來的？怎麼看都像來自鎧甲內部，而且是頭盔後面臉的部位。裝飾用的鎧甲在笑，不對，鎧甲不可能又笑又說話，一定是鎧甲裡面躲著一個人。這鎧甲不是飾品，是有人穿著它戴著頭盔站在那兒。這人會是誰？不用說一定是二十面相。

想到這裡，明智偵探立刻站穩身姿，睜大眼睛瞪著鎧甲。小林和信雄不約而同地握緊了對方的手，靠在一起。

鎧甲馬上就要走過來了吧。他會不會突然拔出腰間的佩劍直刺他們三個呢？不，二十面相不會做這麼低俗的表演，他一定在盔甲裡策劃更可怕、惡毒的陰謀。明智偵探擺出架勢一步一步向鎧甲逼近。鎧甲站著哈哈大笑，不過，明智偵探這次沒有後退，他在原地站著不動，眼睛始終盯著鎧甲。

二十面相也好像在比耐心似的，一動不動，只管繼續笑下去，讓人困惑的是他怎麼這麼能笑，連一點喘息的間隙都沒有，像遇到什麼滑稽事似的一直笑。這到底是怎麼回事？二十面相的腦子壞了？

接著，另一件怪事發生了。明智偵探好像也染上了二十面相的瘋病，突然哈哈大笑起來，信雄被這一切嚇得發抖。

「先生，您怎麼了？您的樣子好怪啊。」小林忍不住拉住偵探的手叫了起來。

可是明智還是笑個不停，而且聲音越來越大，抱著肚子笑作了一團：「哈哈哈……，實在太好笑了，小林。我們被這個稻草人唬了，屋子裡除了我們沒有其他人，這房子就是個空樓。」

天啊，明智偵探的腦子真的壞了嗎？明明聽見二十面相的聲音，卻說這裡沒有別人。他為什麼這麼說呢？

「但是先生，那個鎧甲裡有人啊。」小林說道，試圖提醒偵探。明智偵探又笑了起來：「哈哈哈……，鎧甲裡什麼也沒有。你還不明白嗎？好吧，那讓我把發出聲音的人找出來給你看看。」明智偵探丟下這句話，大步向鎧甲走去。他一把掀掉了頭盔，大家看見頭盔裡面並沒有東西，鎧甲只剩一個身體卻仍在不停地笑。明智偵探毫不介意這些，他一把抱起鎧甲的身體，往上一拔，說：「看，在這裡呢，這就是說話的傢伙。」順著明智偵探手指的方向看去，剛剛拔掉的鎧甲背後有一個小型答錄機，磁帶正在不停地轉動。

是二十面相搞的鬼把戲。他知道明智偵探肯定會找上門來，為了戲弄偵探，他用這樣繁瑣的惡作劇警告大家：「誰想抓我就會倒楣。」

仔細檢查後大家發現，從答錄機到走廊入口的門內側，以及鎧甲前一公尺處的地板上鋪有電線，只要有人踩上答錄機就會轉動。這個機關布置得很巧妙，二十面相又獲得了勝利。就算這事和案件沒有關聯，明智偵探還是輸給了二十面相。

「小林、信雄你們都給我記住。我一定會抓住他的，再這麼耍我，我忍無可忍。從今天開始一個月之內，記住，一個月之內，我一定把他送進監獄。」

平時無論碰到什麼樣的敵人都笑容滿面的偵探，這一次瞪大了眼睛，咬緊了牙關，發誓一定要找二十面相報仇。不過二十面相也宣布自己還會不斷地找少年偵探團員的麻煩。不只這樣，剛才答錄機裡說，他還要對明智偵探下手。日本第一的大偵探和絕世難逢的怪盜之間的較量終於迎來高潮。到底是明智偵探贏，還是二十面相取勝？眼巴巴地盼著決戰之日的到來，還真令人心焦。

──少年探險隊──

信雄事件以來，明智偵探和員警都全身心投入搜捕。二十面相到底躲在什麼地方？有關他的線索徹底斷了。儘管他那樣斬釘截鐵地宣稱要找所有少年偵探團員報仇，如今卻好像早已將這話忘得一乾二淨似的，消失得無影無蹤。

難道二十面相已經不再想報仇了，還是害怕被捕逃離東京？不，不，千萬不能大意啊。我們的對手可是會變魔術的大怪盜。也許他現在只是假裝放棄報仇，事實上卻躲在東京的某個角落伺機而動呢，也可能又在醞釀驚天的大計畫。

二十面相躲著不露面之後又過了二十天，正遇上連續假期，少年偵探團員聚在一起，準備去郊遊，孩子們因為二十面相老躲著不出來，都有些倦怠了。且時節已近春末，正是郊遊的好氣候。充滿活力的團員們再也憋不住了，反正現在沒有什麼案件可破，就去登山好好地放鬆一下吧。

孩子們一個星期前就開始計畫這個連假他們要去哪玩。桂正一和篠崎始兩位團員極力主張大家可以一起去鐘乳洞探險。他倆是同一所中學的國一學生，最近他們有一位同學由念大學的哥哥帶著，去過一趟鐘乳洞，同學向他們介紹了鐘乳洞裡的景象，令他們倆對鐘乳洞產生了濃厚的興趣。

少年偵探團的團員們一聽說要去神祕未知的鐘乳洞探險，興致都來了，高興地同意了這個提議，大家都是喜歡冒險的少年，自然會選擇這樣的行程。

孩子們郊遊的路線有些遠，不過他們總共有十個人，再加上團長小林芳雄同行，他可是連某些大人都比不上的聰明孩子，所以團員們的父母同意了孩子們的計畫。出發的周日早上，天還濛濛亮，孩子們就已活力十足，他們背著背包，帶著水壺，拿著父親的舊手杖，一副登山的裝扮來到了新宿車站。

從新宿站搭一個小時中央線，再換乘一個小時支線，在支線終點下車，再搭上沿河邊公路行駛的公車，大約三十分鐘以後，山路就窄得連汽車都過不去了。

探險的孩子們下了車，由小林團長帶頭，一共十一個人撥開纏腳的山白竹，唱著少年進行曲，勇敢地一路向前。山路一側是高高的青山，一側是深深的溪澗。隔著一條溪澗，對面也是一座聳立的高山，山上大樹舒展著嫩綠的樹葉，他們腳下是潺潺的流水聲，還有此起彼伏的鳥鳴穿插其間，黃鶯清脆的叫聲從無雲的晴空落入樹葉的新綠之中，上午的陽光金燦燦的。

「哇，嚇了我一跳，就從我腳邊竄出來的。」

「哇，是兔子。看，那裡，啊，已經跑掉了。」

「真的嗎？」

「騙你幹嘛！長著一雙灰色的耳朵，一蹦一跳地跑了。這附近應該有兔子洞。」

「兔子倒還好，不會竄出熊來吧？」

「沒事，這地方怎麼會有熊呢。」

「哼，如果有熊，我就像金太郎◢一樣和牠拼了，活抓牠。」相撲運動員桂正一開玩笑地說，十一個孩子都異口同聲地放聲大笑起來。

孩子們精力充沛，一路又唱又跳地，十公里的山路一點也不覺得累，中午過後他們就已經站在鐘乳洞的洞外了。鐘乳洞口有一間破舊的小房子，房前擺著一些水果、點心和汽水。孩子們一經過，一個壯實的老爺爺就從房裡走了出來。他穿著運動褲，面帶微笑。「你們是來參觀鐘乳洞的嗎？」老爺爺笑著招呼大家，古銅色的臉長滿了皺紋。

「是的。今天有沒有比我們更早到的遊客？」小林也微笑著向老爺爺打聽。

◢金太郎：日本民間故事中力大無窮的英雄。

「今天你們是第一批呢，最近鐘乳洞這裡挺冷清的。你們是學校的郊遊嗎？都是些孩子，還真有本事，自己走到這山裡來的啊。路上你們沒遇到鼯鼠嗎？」

「哈哈哈……，鼯鼠是什麼？山裡的妖怪？要是遇到，肯定被我們的氣勢嚇跑，我們可是少年探險隊喔。」淘氣的桂正一聳起肩膀威風地說，老爺爺看了也笑出了聲。

「爺爺，您把點心擺在這裡，有人買嗎？」大野敏夫隨口問道。老爺爺指了指敞著大門的小屋說：「哈哈哈，哪能光靠這些賺錢呢？你們看，那裡掛了把獵槍，那才是我的工作，我是個獵人。」

「您是獵人啊，打些什麼呢？熊還是野豬？」

「那些動物得進山裡頭去打，這附近可沒有。今年一月，我進了一次山，打了一頭很大的熊瞎子，真想給你們看看。」

「真的嗎？老爺爺還是打獵高手啊。」

「嗯，做這行也有四十年囉……，對了，你們有帶便當嗎？進洞之前最好先填飽肚子，洞裡面很深，等你們吃完飯，我帶你們進去。」

「哦，爺爺您還是鐘乳洞的嚮導啊？」

「對，春秋兩季，我也兼點差做這個。」

「我們就不麻煩您了，我們已經查了一些有關鐘乳洞的資料，而且還帶了不少探險用的工具，一百公尺以上的繩索有三捆。我們準備把它繫在洞口的岩石上然後順著繩子進去，應該不會迷路的。另外我們還有三支手電筒，吸鐵石和小刀什麼的，工具很齊全。我們本來就是來探險的，如果有人帶路反而不好玩了。」聽小林這麼一解釋，老爺爺也不再堅持了：「這麼說還真不用嚮導了，洞裡有很多分叉的小路，第一次來的人轉來轉去容易又轉出洞來。你們帶了這麼長的繩子，應該沒問題。那就趕緊吃飯，吃完了好好參觀參觀。」說完他十分慈祥地看了看這群活潑的孩子。大家一同在附近的岩石上坐下，從背包裡拿出飯盒，吃起今天帶來的梅子便當。老爺爺又跟大家開了幾句玩笑，就走進小屋裡去了。

—黑暗的迷宮—

孩子們伴著鳥鳴，把便當吃得精光，又拿起水壺喝了幾口水，午飯就算解決了。隨後有的孩子從背包裡拿出當路標用的繩索，有的孩子取出手電筒，各自做好了出發的準備，一步一步向鐘乳洞口走去，鐘乳洞洞口就像怪物張開的大嘴，黑漆漆地從岩石的邊露出來。

「好，我們準備進入這個迷宮囉。篠崎負責做路標，這位置不錯，你把繩子緊緊地綁在這兒。之後無論發生什麼事，大家都不要鬆開繩子。如果鬆手的話，我們馬上就會迷路的。大家都明白了嗎？」按照小林團長的指示，篠崎把捆行李用的粗繩牢牢地綁在了凸起的岩石上。

「手電筒先用羽柴的，三支同時用的話，一旦電池用完就糟了。來，羽柴和我一起打頭陣。」被選派為和團長一起當先鋒的壯二振奮起精神，晃動著手電筒一馬當先鑽進洞中去了。

緊接著是小林團長、小泉信雄、相川泰二，十個團員排成一條縱隊，一個接一個地進了洞。走在最後的是扛著繩索的篠崎，他的朋友相撲運動員桂正一則緊跟在他的身邊，做好保衛工作。

進洞之後走了五、六步，路一下子就變窄了，必須趴著才能往前走。不過，大家查過資料，知道這段路只有十公尺左右，走過這十公尺就會到達一個比較廣闊的場所，所以大家耐著性子摸著冰冷的岩石一步一步往前爬。不一會，果然如書中所寫的那樣，身邊的岩石消失了，大家到了一個寬廣的地方，頭頂上方的岩石高不見頂。

「篠崎，繩子的情況怎麼樣？」

「嗯，沒事。」篠崎的聲音好像是從深井中傳出來的，悶悶的，帶著回聲又傳了回來。

「哇，真不得了。羽柴，你往那兒照照。」於是一束光縮成探照燈大小照在了空曠的黑暗裡，它一點一點地滑過四周黑色的岩石，藉著光線目測，現在大家所處的這個洞穴約有二十公尺左右，是一個四方形的空間，上方很高，四周很寬。

「這兒有幾個岔道，不管選哪個，我們都先沿著岩壁轉一圈看看吧。」打頭的小林說著，藉著羽柴手裡的燈光向右走去。

「啊，這裡有個小洞，應該是第一個岔道。」

「好像有流水的聲音。」

「嗯，聽說這個鐘乳洞裡流淌著地下水，從這條岔道過去，應該就通向那裡。」

「你們快看，鐘乳石！頭頂上掛著好多白色的冰柱一樣的東西。」

篠崎用手電筒的光在洞頂的一角畫了一個圓圈，光圈中出現一個巨大的淡白色冰柱，像巨人的牙齒似的往下垂著。

「再看下面，下面一定有石筍。有了，有了，那些白色、像大蘑菇的就是石筍。」

眼前一派不可思議的景象，讓孩子們覺得自己彷彿置身魔法王國，大家都驚喜得不得了。

周圍一片漆黑，發光的只有一個手電筒，讓大家覺得像在做一個夢，一想到或許在這深不見底的黑暗中，將會有一個無形的怪物慢慢地出來，這些勇敢的少年也不禁後背發涼，毛骨悚然。

「哇！」不知誰突然發出一聲驚叫。這聲音帶著回聲，像是遠處有怪物在吼叫似的，又「哇，哇，哇」地傳了回來，回聲持續了一會兒，才漸漸聽不見。

「誰？怎麼回事？」

「嚇死我了。」

「是我，我。」

「齊藤嗎?你怎麼了?」

「好像有什麼冰一樣的東西掉到我脖子上了,好難受。」

「哦,那是洞頂滴下來的水,山裡的水會從岩縫裡滴下來。」一旦有人大聲說話,聲音就像從遠方傳來的怪聲一樣迴盪,所以大家都儘量放低音量。

摸著岩壁轉了一圈,孩子們又發現了第二、第三和第四個岔路。大家商量了一下,決定選其中最寬的第二岔路往裡走,這條路比較寬,不需要爬行,大家一列縱隊向內前進,走了不到十公尺又分出兩條岔路。

「不管有幾條岔路,我們有繩子做路標就不怕。我們選寬一點的路進去吧。」走在前面的小林說著,走進了右手邊一個大一些的洞穴。一路上有的地方寬有的地方窄,一下上坡一下又下坡,七彎八轉的,沒完沒了。加上走個二、三十步就會出現一條岔道,鐘乳洞內簡直是一個迷宮。

「天啊,好多岔道啊。你還記得我們走了幾個嗎?」

「五個。」

「嗯,五個。要不是有做路標的繩索,我們一定出不去了。繩子沒問題吧?」

「沒事,不過繩捆已經越來越小了,大概只剩下二十公尺。我們從洞口到現在走了八十公尺啊。」

「才八十公尺？我怎麼感覺走了有五百多公尺。」牽著手並肩走在一起的篠崎和桂正一在黑暗中小聲交談著。他們和走在最前面的小林、羽柴相距較遠，所以只能靠著一點微光，一步一步向前。

「真像是一場地獄旅行，礦山裡面大概就是這樣的。」

「嗯，是啊，真不舒服。不過還蠻好玩的，我還是第一次來這種地方呢。」隊伍中段，手牽著手的上村洋一和齊藤太郎說著話。

就在這時，前面傳來小林團長響亮的聲音：「唉呀，這裡還有橋呢，上面架著厚厚的板子。」說著小林突然停了下來，黑暗中的隊伍也同時一起停了下來。

—怪　物—

「羽柴，洞好像很深，你把手電筒借我一下。」小林團長從羽柴手裡接過手電筒，拿過來往腳下照了照。腳下是一個又深又大的洞，任何跳遠高手恐怕都無法越過，洞口中央架著一塊厚厚的木板，像是一座橋。木板還很新，應該是不久之前剛架上去的。小林把手電筒伸到洞裡照了照，試圖看看洞到底有多深。光線無法到達洞底，而且洞下更寬，仔細聽的話洞底下還有水流的聲音，如果誰不小心滑下去，那一定沒救了。

「大家都小心了，這裡有個很深的水潭……」小林大聲叫道，叫聲傳入洞底，發出回聲，再把手電筒往洞底照時，下方的黑暗中好像有個黑色的物體，正以極快的速度浮出水面。手電筒的光線太弱，無法判斷浮出的究竟是什麼，感覺上像是一個灰色的東西，毛茸茸的，眼看著它越變越大，緊接著突然躍了出來，從探頭向洞中張望的小林和羽柴面前咻地掠了過去，動作之快就像是一支箭，瞬間消失在水潭對面的黑暗裡。羽柴被這突如其來的景象嚇了一跳，「哇」地大叫一聲向後退了幾步。沒想到，從這大井口般的洞裡飛出來的物體還不只一個。

被羽柴的叫聲嚇得湊近前來的孩子們，不約而同地握緊了彼此的手，他們戰戰兢兢地看著毛茸茸的灰色物體一個接一個飛出洞外。它們的羽毛掮出奇妙的風聲，好像是惡魔飛機從地獄深處飛了出來一樣。

「是蝙蝠，好多好多蝙蝠啊。大家別怕，是蝙蝠看到光受驚了，才飛出來的。」儘管小林大聲向大家解釋，但孩子們都是第一次看見活的蝙蝠，噁心得就想趕緊折回洞外去。

「怎麼了？大家都嚇成這樣？要是別人知道我們探險隊被蝙蝠嚇得跑回家去，豈不丟臉？別怕，我們再往裡走走，大家留意腳底下。」小林目送成群的蝙蝠消失在山洞的深處，鼓勵著大家。他一把拉過羽柴的手，踏上了橋，其他孩子也只得緊跟其後。十一個人又排成一列縱隊，手牽著手過了橋，往洞深處繼續前進。

他們沿著窄窄的小路走了一會兒，突然左右兩旁的岩石離他們遠了，周圍空曠起來。他們來到了第二個寬闊的空間裡。

「哇，又開闊了。我們還是老樣子，摸著岩壁往右手方轉一圈。」按照小林的命令，大家摸著冰涼的岩石在大洞裡走了一圈。隊伍後方突然傳來一聲「啊」的尖叫，緊接著有什麼東西倒下了。

「怎麼了？是誰在叫？」聽見小林的問話，走在最後面的桂正一回答說：「篠崎被絆倒了。」小林提著手電筒走到隊伍最後，只見光圈中，跌倒的篠崎皺著一張臉，正準備站起來。

「不要緊吧？有沒有受傷？」

「嗯，傷倒是沒有。」

「傷倒是沒有？」

「就是有點怪。」

「怪？哪裡怪了？」

「我好像闖大禍了。」

「闖什麼禍？」

「繩子好像斷了。你看，不管我怎麼拉都沒有反應。越是拉繩子越是往這裡縮過來。」篠崎幾乎要哭出來了。

「真的嗎？快讓我看看。」小林團長也沉不住氣了，他一把抓過篠崎手裡的繩索，試著拉了一下。天啊，怎麼回事？做路標用的繩子好像從哪裡斷掉了，越扯越往自己這邊收回來。孩子們得知這個消息，都緊張得聚集過來。

「繩子斷了？真的嗎？」

「完了，我們回不去了。」

「篠崎你糊塗了嗎？那繩子可是我們的生命線啊。」

聽到這，還坐在地上的篠崎哭了起來：「都是我不好，你們打我一頓吧，是我不小心。」大家聽篠崎這麼說，便不再有人責備他。大家都閉上了嘴，黑暗中靜得只聽見篠崎抽鼻子的聲音。

「喂，大家來看，這事不能怪篠崎。你們看，這個繩子的斷裂處不是被岩石磨斷的，你們都來看看。」大家聽見小林突然說出這麼奇怪的話，趕緊湊了過去。只見繩子已經完全被扯回來，小林用手電筒照著繩子的斷裂處，疑惑地看著。

「對，這不像是磨斷的，是被剪刀剪斷的。」繩子的斷裂邊緣一看就是被利器切斷的。

「這也有點不對勁。誰會把繩子剪斷呢？鐘乳洞裡除了我們沒有其他人了呀。」

「所以我也正覺得奇怪。為什麼要剪斷我們的繩子？」

「如果是有人故意剪的，那他一定是想讓我們迷路，讓我們為難。」

「就是啊，可是誰會做這樣的缺德事？真奇怪……，啊，難道是？」

「啊，你說的是？」

就在小林要回答的時候，從黑漆漆的洞穴深處傳來了一個可怕的聲音。這聲音像是一個龐然大物發出的，恐怖得無法形容。大家不再說話，豎起耳朵，只聽見這聲音越來越響越來越近。孩子們不約而同地握緊了口袋裡的刀，瞪大眼睛注意著黑暗中的動靜。墨色一般的黑暗中似乎有一個動物。若不是動物不可能發出那樣可怕的吼聲，說不定是熊不小心闖進了山洞。

「大家都先別動，如果有危險，我會發信號，那時大家就按順序往回走，聽見了嗎？」還是小林團長細心，他向大家交代完了注意事項，就舉起手中的手電筒向著聲音傳來的方向照過去。對面立刻有一個龐然大物出現在圓圓的光圈中。孩子們看到這個情景都嚇得身體僵直，動彈不得。

天啊，這個世界上還有這麼可怕的動物嗎？已經無法用言語來形容了，簡直就是一個恐怖的妖怪啊。這怪物渾身長著灰色的毛，身高大約和成年人相同，一顆腦袋有貓頭鷹的三十倍那麼大，就在它滿是毛的面孔中還長著一個大大的喙，再往上是兩隻閃光的眼睛，孩子們像被盯上似的，眼睛都不敢眨一下，只能一動不動地和怪物對視著。突然，怪物走了幾步，然後發出巨大的聲響飛了起來。它的翅膀也不同於一般的鳥，是惡魔的翅膀，就像西方惡魔圖畫上的一樣，伸展開來從這頭到那頭足足有五公尺。太可怕了。

剛開始大家都以為他是魔鬼，可是仔細看才漸漸看出它的真面目，是蝙蝠。不過比普通的蝙蝠要大幾百倍、幾千倍，是一隻超級大蝙蝠。難道剛才從洞底飛出來的蝙蝠全部聚成了一個巨大蝙蝠？或者說那些小蝙蝠都是它的衛兵，它才是在這個鐘乳洞裡活了幾百年的真正洞主？

孩子們覺得自己陷入了一場惡夢，嚇得心臟也要停止跳動了。

怪物在黑暗中直直盯著受驚的孩子們，一步一步地向大家靠近，它展開翅膀搧動空氣，馬上就要向孩子們俯衝過來似的。

「大家跟在我身後一起跑。」小林再也忍不住了，他晃動手電筒，向來時的方向跑去。他並非想第一個逃走，而是他手裡拿著手電筒，必須在隊伍的前面。嚇得不敢動彈的孩子們聽見小林的叫聲，立刻恢復了意識，爭先恐後地跑了起來。跑在最後的是大力士桂正一。現在即使他相撲技巧再高，遇到這個怪物也無計可施了。他覺得怪物就在自己身後發出低低的吼叫聲，腳下雖然跑著，卻仍嚇得不斷發抖。跑在前頭的小林一邊跑一邊照顧後面的團員，不停地回頭看看有沒有沒跟上的，跑到之前那個深潭前，小林突然停下來，差一點就要掉進深潭裡。

唉呀，怎麼搞的？剛才深潭上還架著一塊木板，現在怎麼不見了？沒有這塊木板當橋，他們就無法前進。深潭的洞口有整條路這麼寬，沒有別的路可以過去。這麼寬的洞口跳是肯定跳不過去的。

鐘乳洞裡一定藏著對孩子們不懷好意的壞人。要不是這樣，橋上的木板是不會憑空消失的。剛才做路標的繩索被剪，現在橋上的木板又沒有了，這一定是有人想為難少年探險隊的隊員，故意搞破壞。

可憐的孩子們現在進退兩難，面前的深潭像要把他們一口全吞下似的，張著嘴巴，身後怪物的低吼聲又追過來了。

糟糕，無路可走了，以小林為首的十一個少年偵探團員就在這黑漆漆的洞中，呼救無門，孩子們蹲在深潭的邊緣，呼吸也漸漸微弱起來。就在這時，讓孩子們更害怕的事情發生了，從他們身後的黑暗中傳來了笑聲。他們豁出去的轉身將手電筒照了過去，只見五、六公尺之外，剛才那隻怪物正用它的後腿把身體立了起來，然後張開它的大鳥喙嘿嘿嘿嘿地笑著。笑聲彷彿少女般響亮，笑聲裡充滿了滑稽的意味。

孩子們好像被人在背後用冰刺了一下似的，嗖嗖發涼。啊，會笑的蝙蝠！會發出少女笑聲的蝙蝠！這個世界上還有這樣的事？難道是在做夢？黑暗中的幻影？難道孩子們被洞裡的妖氣所侵全都發瘋了？

——說話的怪獸——

孩子們被眼前發生的這些事嚇得心臟幾乎都要停了。蝙蝠身高相當於一個成年人，這本來就令人匪夷所思，沒想到它還會發出人一樣的笑聲，更是聞所未聞。事情遠不僅如此，可憐這些從沒吃過苦受過難的孩子，他們又聽見了更恐怖的聲音。聽，大蝙蝠說話了，它的聲音和人一模一樣，它在說話。

「呵呵，一群膽小鬼。就你們這樣還參加什麼少年偵探團？唷，小林，你也嚇得渾身發抖啦？平時的勇敢哪去了？」大蝙蝠的聲音有如從地下發出的一般。洞裡沒有其他人，應該就是怪獸在講話。

小林聽見聲音戲謔地從黑暗傳來，蝙蝠說話的聲調好像在哪裡聽過，原來如此，小林突然明白了。

小林用手電筒照向聲音的來處，光圈裡立刻出現一張怪獸的臉，臉大如牛，不知不覺間大蝙蝠離他們只有一公尺的距離了，孩子們一同朝怪獸看了過去，又馬上用手遮住了眼睛，面前的怪獸實在太猙獰了。

那張大如牛的臉上長滿亂糟糟的毛髮，兩隻圓眼睛閃著寒光。眼睛下面突起一個黑色的大喙，正大大地張開著，嘴裡滿是黃色的牙齒，牙齒之間有一條血紅的舌頭，那模樣似乎馬上就要生吞孩子們。

不過，小林已經不再害怕這張臉了。動物怎麼可能說人話？從它的話中，小林已經機靈地判斷出怪物裡面藏著一個人。「你是誰？想對我們怎麼樣？」小林舉著手電筒瞪了怪物一眼。

「呵呵，不明白嗎？我就是你們一直在找的人啊。」大蝙蝠輕蔑地說完咯咯笑了起來，他果然是人，只不過穿著一件大蝙蝠的衣服。孩子們明白了這一點，就像大夢初醒似的鬆了一口氣。不過當他們揣測對方的身分時，心裡又泛起另外一層恐懼，背上頓時涼颼颼的。

一個人名在孩子們腦海中一閃而過。能想出這樣狠毒的惡作劇，將孩子們害得這麼慘非他莫屬。小林早就想到了那個名字，但要在黑暗的洞穴中把那個名字說出來，需要相當的勇氣，那個人比大蝙蝠怪物更加恐怖，是否要把他的名字說出來呢？小林躊躇了好久，終於還是喊了出來，小林瘋了似的喊道：「你是二十面相！」

「呵呵，你終於明白啦。沒錯，我就是二十面相。二十面相不但會偽裝成其他人，還會裝扮成動物，而且是這個世界上沒有的動物。呵呵……，你們一定沒想到二十面相會在洞穴裡等著你們吧？哈哈哈……，這是我早就計畫好的，我算好了怎麼一步一步讓你們上鉤。明白了？你們之所以會來鐘乳洞探險，是因為桂正一和篠崎的建議吧。他們倆是因為聽了同學的介紹覺得有趣才想來的，而正是我讓那個同學把話傳到他們耳裡的。明白了吧？哈哈哈……，你們按照我事先設計好的，一無所知地來到了這個鐘乳洞，然後自以為是地拒絕了由老爺爺帶路，光憑路標就走進了這個迷宮。怎麼樣？你們的事我全部都知道。是我把你們的繩子剪斷的，也是我把橋上的木板撤走的。然後我裝成怪物，把你們折騰得要命。哈哈哈，我現在真是開心極了，之前吃盡你們的苦頭，我一直想找機會報復，這回終於讓我達成心願了。沒想到你們看見我這隻大蝙蝠會那麼害怕，實在太過癮了。哈哈哈……，還自稱什麼少年偵探團，一看到妖怪就全嚇癱了。我真是大大出了一口氣，哈哈哈……，不過你們可別放鬆得太早，我的復仇計畫還沒完呢。光這哄小孩的把戲可滿足不了我，現在開始才是真正的復仇。哈哈哈……，怕了吧？你們一輩子也別想從這裡出去啦，這才是我的復仇大計。你們用來做路標的繩子已經斷了，現在你們在這黑洞裡就等於迷了路。而且那個深潭，你們無論如何也過不去，所以你們根本出不去。過了十天、二十天，你們還在這迷宮裡繞圈子，手電筒的電池不久就會用完。哦，不，首先你們會感到肚子餓，又餓又渴的你們會大聲呼叫，這樣你們的力氣就會用盡。然後十一個人就在這黑漆漆的洞穴裡等待自己的末日吧。你們以為有人會從東京來救你們嗎？呵呵……不可能的。我這隻大蝙蝠會在半路攔截來救你們的人，把他們統統趕走，哈哈……」

四周暗黑如墨，只有手電筒光下大蝙蝠奇怪的臉如同電影特寫鏡頭一般浮現，他用陰沉的聲音說著這一切。就算知道對方是二十面相裝的，恐怖的感覺仍不同尋常。

「不，不光如此，還有明智小五郎。我會讓他也到這來，讓他和你們受同樣的苦。這主意不錯吧？你們不回去，東京那兒就會亂成一團，到時候員警也會來的。疼愛學生的明智小五郎一定會第一個來這找你們。我不喜歡見血，也沒殺過人，但是明智和你們自己在這個洞裡迷路餓死就不關我的事了。所有的一切都是因為你們擋了我的路，是咎由自取，哈哈哈……」裝成大蝙蝠的二十面相和盤托出了所有計畫，然後暢快地笑起來。笑聲在洞穴裡形成回聲，就好像洞裡所有角落都有人在放聲大笑似的，聲音漸漸變小，卻久久不散。

──獵人和大偵探──

時間到了第三天的中午。一位先生來到鐘乳洞附近那位老獵人家裡，他就是戴著鴨舌帽穿著旅行裝的明智小五郎。因為少年偵探團的孩子們出門後一直沒回來，父母們心急如焚地找到了明智偵探，偵探不等天亮就先員警一步來到了鐘乳洞，他是替孩子們的父母來尋找孩子們的。

他來到獵人門前，正遇上穿著運動褲的老獵人在屋外擺放小零食。「您是來參觀鐘乳洞的嗎？」老人顯然不知道孩子們被困在了洞裡，不疾不徐地問。

「不，我不是來參觀的。請問您是這裡的導遊嗎？」

「是啊。」

「我是從東京來的，叫明智。前天有十一個中小學生到這裡來參觀，不知您見過他們嗎？」明智偵探說著遞上自己的名片，老人似乎不識字，他沒看名片就說：「有啊，好幾個孩子呢，出什麼事了嗎？」

「他們進洞了嗎？」

「進去了，他們說不需要帶路，一個個衝勁十足地進去了。」

「那您看見他們出來了嗎？」

「這倒沒看見。我正好有點事下山去了，不過他們一定走了，不可能住在洞裡的啊。哈哈哈……」

「可是那些孩子到今天早上都還沒回東京呢。我來時沿路向車站工作人員和公車司機打聽過，沒有人看到他們回去。所以我有些擔心，他們會不會在洞裡迷了路沒走出來。」

「沒回去？那就奇怪了。我在這當了十六年導遊，從來沒聽說過因為迷路出不來的事。那些孩子會不會太勇敢，走到洞深處去了？」老人抱著雙臂微微歪著腦袋說。

「可能是因為走得太遠而迷路了吧。」

「沒錯，我們帶路也不會走很遠的，而且一個人進去很危險，最多就是在洞口附近轉一圈。說實話還沒有人把這個洞走到盡頭過呢。」

「這麼說孩子們可能走得太深了，不管怎麼樣我得進去找找，麻煩您帶我進去吧，我準備了手電筒。」明智偵探從口袋裡掏出一個小手電筒讓老人看。

「好的，那我們趕緊進去吧。」老人爽快地答應了，轉身進了裡屋，在屋內找了些什麼，隨即又走了出來，把放在門口的一雙破草鞋穿上就走在了前頭。

明智偵探拿著手杖緊隨其後，就在他們走出獵人家十公尺遠時，一個奇怪的人影從獵人的屋後偷偷地鑽了出來。天氣這麼暖和，那人卻從頭到腳罩著一件黑色的披風，臉和身體全部遮得嚴嚴實實，像個小偷似的，躡手躡腳地跟在偵探他們身後。

怪人究竟是誰呢？也許是二十面相的手下吧。不，不是手下，可能就是他本人。他一定是打算跟著偵探進入鐘乳洞，然後在黑暗的洞中對偵探下手。那麼這個人究竟是不是二十面相，又或者說比二十面相更出人意料？謎底馬上就會揭曉。無論如何請各位讀者先記住這個奇怪的人。

獵人和明智偵探似乎都沒發現身後有人跟蹤，他們說著話，來到了鐘乳洞口，黑披風的怪人跟隨他們也悄悄地溜進了洞裡。進到洞中，明智偵探立刻點亮了手電筒跟著老人往前，老獵人對洞內很熟悉，大步走在狹窄的路上。就這樣走了約二十公尺，跟在後邊的明智偵探突然「啊」地大叫起來，手電筒也瞬間熄滅了，周圍一片漆黑。

「怎麼了？摔倒了嗎？您要小心啊，腳底下不好走。」黑暗中老人轉過身來。

「沒事，剛才絆了一下，手電筒掉了。啊，找到了，找到了。已經沒事了，繼續往前走吧。」明智偵探撿起手電筒重新點亮，精神十足地晃了兩下讓老人看。

那些孩子們也沒有在洞口附近摔倒過，平常那麼小心的明智怎麼會把手電筒弄掉呢？這裡面是不是有些蹊蹺？難道還隱藏著什麼更深的理由？

此後一切正常，兩個人向洞穴深處走去，恰好孩子們走的路徑和老人領的完全一樣，他們穿過寬闊的地帶，來到了有深潭的路上。

「這裡有座橋，小心點，能行嗎？一腳踩空的話下面就是深潭。」

不知是誰在什麼時候又把橋上的木板恢復了原位，橋看上去和原先一模一樣。兩個人安全地過了橋，老人好像想到什麼似的，把剛剛渡橋用的木板一下子搬了起來，又突然扔進了深潭裡。

「喂，你這是幹什麼？沒有橋我們怎麼回去啊？」明智偵探吃驚地說。手電筒光中老人冷冷地笑著，說出了莫名其妙的話：「你還想回去啊？」

「這不是很明顯？你到底想幹什麼？」

「嘿嘿，這裡可是地獄的第一道關，一旦渡過就別想回去了。」

「什麼？你說什麼？老爺爺，你瘋了嗎？」

「呵呵……，明智先生，您今天反應有些遲鈍啊。還不明白？」

這是怎麼回事？原以為他是深山裡的老獵人，沒想到聲音一下子變得這麼年輕，而且還是東京腔。

起來。

「這麼說，你是……」明智偵探似乎大吃一驚，手裡的手電筒光線激烈地搖晃

「你覺得我是誰呢？明智先生不會是嚇得不敢說話了吧？哈哈哈……我就是你到處尋找的蛭田博士，也叫二十面相。哈哈哈……怎麼樣？儘管你是名偵探也想不到鐘乳洞的導遊就是二十面相吧？你要找的那些孩子也被我關在了這個山洞裡面。你知道嗎？山洞裡住著人那麼大隻的怪蝙蝠，孩子們被大蝙蝠嚇壞了。現在他們十一個人都在迷宮中等著被餓死呢，好可憐喔。其實那個大蝙蝠也是我裝的，二十面相不但能裝扮成別人，還有偽裝成動物的本事。哈哈哈……」

「你想把我怎麼樣？」明智偵探不慌不忙，平靜地問道。

「讓你和十一個孩子受同樣的罪，餓死。你活著就會礙我的事，我這麼對你也是不得已。我每次行動都會遭到你的破壞，所以我不能讓你這麼囂張了。我這個人不喜歡殺人，但你和你手下那些小鬼頭如果餓死的話，就不關我的事了，哈哈……，這想法不錯吧？這個鐘乳洞就是專門為你們訂製的墳墓。喂，你別把手放進口袋裡去，我的子彈絕對比你來得快。」裝扮成老人的二十面相不知何時掏出了手槍，槍口直接對準了明智偵探的胸膛。為了保命，他氣勢洶洶，連平常不喜歡的殺人行為也有可能幹

得出來。

明智偵探無法把準備好的槍從口袋裡掏出來，身體一動也不敢動。啊，不但是少年偵探團的孩子，就連大名鼎鼎的明智偵探也落入了二十面相的圈套。如此重要的嚮導變成了二十面相，加上過橋的木板被扔掉，任憑明智偵探再怎麼聰明恐怕也無法從這黑漆漆的迷宮走出去。

我們的明智偵探真的被二十面相打敗了嗎？他將和十一個孩子一同餓死在這個洞裡嗎？

「哈哈哈……，開心，開心，出生以來我還是第一次這麼開心。明智偵探被二十面相活抓，一點辦法都沒有了。好吧，名偵探，我帶你去孩子們那吧。那些小鬼老妨礙我的好事，現在不知哭得有多慘呢，就讓你去看看吧。哈哈哈……」二十面相惡狠狠地說著，用槍頂著明智偵探的後背，把他帶到了洞穴的深處。

─大偵探的失敗─

這突如其來的變故讓大偵探明智小五郎措手不及，只能遵照二十面相的命令，不停地往山洞深處走去。二十面相的槍口正牢牢地頂著他的後背，只要他稍一停下腳步，子彈就有可能從槍口飛出來。高明的明智偵探這下也無計可施。

他們倆逕自朝山洞深處走去，二十面相搶過明智偵探的手電筒，從後面照著路，凹凸不平的岩石一塊接一塊出現在前方。有的地方窄得必須爬著才能通過，有的地方又小得必須躺著才能擠過去，這樣的路七轉八彎，兩個人走了好久好久，大約有五、六十公尺，四周突然寬敞了起來。

「看看，你那些可愛的孩子們都擠在那哭呢。」二十面相惡狠狠地說著，將手電筒的光線照向了某個地方。於是光圈中出現了大山洞另一側的岩石，一群無精打采的孩子在角落裡縮成一團。

孩子們從昨天開始就水米未進，一個個被飢餓和疲勞折磨得快要死了。他們起先也想過要從這逃走，一個個瘋了似的在黑暗的迷宮裡左衝右突，但他們試了很久仍在相同的岩石處骨碌碌地打轉，連那個架著木板橋的深潭也沒有找到。漸漸的，孩子們的身體累得像棉花一樣軟，肚子餓得咕嚕嚕直叫，再勇敢的孩子也沒了走路的力氣，可是孩子們都沒有氣餒。

「明智先生一定會來救我們的。明智先生無所不知，他一定知道我們遭受了這麼大的磨難。」儘管沒有人把這話說出來，但心裡都這麼想，大家都盼著明智偵探的笑臉早些出現。

就在這時，山洞對面突然有了動靜，手電筒刺眼的光線照了過來，還有二十面相那狠毒的聲音：「喂，小鬼們，你們尊敬的明智先生來了。為了救你們，好心的明智先生專門從東京趕了過來，可惜的是，先生已經被二十面相抓住了。哈哈哈……，明智先生，我讓你見到你可愛的部下了，接下來你們就能一起餓死在這個山洞裡了。妄想抓住二十面相的人，最後都會得到這樣的下場，這就叫自作自受，活該，哈哈哈……」這可怕的聲音彷彿來自地獄，在洞裡不停地迴響。

孩子們聽到這話就好像得到了命令似的，一齊站了起來，向聲音傳來的方向望去。不管肚子有多餓，聽到和自己有著深仇大恨的二十面相的聲音，大家都不約而同地捏緊拳頭站起身來。

小林團長一聽到明智偵探幾個字，立刻激動不已。他似乎忘了二十面相也在場，一下子朝形似明智偵探的那個黑影撲過去，摸索著抓住了明智的手臂。「哦，是小林嗎？」明智偵探也慈愛地摟住了小林的肩膀。

「呵呵，這算師生相見嗎？悲劇中常演的場面啊，你們至少要手握著手感嘆一番吧，你們再也見不到陽光了。」二十面相裝扮的老嚮導一邊小聲嘟噥，一邊不懷好意地看著偵探和小林二人的身影。二十面相得意到了極點。長期以來一直折磨著他的明智偵探，以及他重要的左右手小林，如今都成了自己的俘虜，這怎麼能不讓他感到高興呢？

也就是十幾二十秒的時間吧，再兇殘的惡賊也會被自己的成功沖昏頭腦，二十面相握槍的手放鬆了警惕，他怎麼也想不到餓極了的孩子還能有這麼大的力氣，疏忽來得太意外。

那一刻，相撲運動員桂正一起頭，多虧洞中黑暗，五個少年偵探匍匐到了二十面相的腳邊，沒發出任何聲音，就在對方不知不覺放下了手裡的槍時，五個孩子突然抱成一團，一起向那隻手撲去。

「啊，痛死我了。」二十面相沒想到會發生這樣的事，痛得叫了起來。五人中有一個是篠崎，他張大嘴巴朝著惡賊的手腕咬了下去，怪盜再兇狠也想不到會有這一招。

二十面相疼得鬆開了握槍的手，強壯的桂正一二話不說就把槍奪了下來。機敏的明智偵探不可能在一旁作壁上觀，他一發現孩子們襲擊了二十面相，立刻從口袋裡掏出手槍，瞄準了惡賊的胸膛，小林也跟松鼠一樣敏捷，將惡賊慌忙之中掉下的手電筒撿了起來，把手電光直接照在二十面相身上。沒有人說話，黑暗中只聽見激烈的喘息聲。

二十面相不禁舉起了雙手，一步一步地向後退去。手電筒的光線追著他，明智偵探的槍口也漸漸向他靠過去。

十步、二十步，惡賊順著洞穴裡的岩石螃蟹一樣橫行了二十步左右，光圈中他那張老人的面孔，不知怎麼陰森森地笑了起來，樣子十分詭異。

怎麼回事？被槍口指著的怪盜已經到了窮途末路，為什麼還笑得出來呢？見他這個樣子，明智偵探和孩子們都停下了腳步。每當二十面相怪笑，接下來總有陷阱，大家不得不小心提防。

所有人一動也不動，瞪大了眼睛想看個究竟。天啊，那是什麼？只見二十面相身後，黑暗中隱隱約約出現了一個龐然大物，明智偵探一時搞不清楚這奇怪的東西是什麼，但孩子們一眼就認出來了，是大蝙蝠，那隻可惡的蝙蝠。兩隻和成人一樣大小的怪物出現在大家面前。

「先生，那是人，由人裝扮的蝙蝠。」小林抓著明智偵探的手腕小聲說。這時明智偵探身後傳來了一聲尖叫，聽起來像是羽柴壯二發出的，孩子中他年紀最小。明智偵探和小林一驚，將臉轉向聲音發出的地方，隨即用手電筒往那裡照了照。

發生什麼事？光線中出現了恐怖的一幕。蝙蝠不僅大家面前的這兩隻，後面還有一隻，它後腿直立，將羽柴拉到身邊，用手槍頂住了羽柴的額頭，一副隨時要扣下扳機的架勢。不只這些，那隻大蝙蝠的背後，又出現了兩隻蝙蝠的身影，總共有五隻蝙蝠啊，而且每隻蝙蝠都用前腳趾夾著一把手槍，對準了明智偵探和孩子們。

蝙蝠持槍這話聽上去很奇怪，但這些蝙蝠都是二十面相的部下，所以會舉槍瞄準目標也就很正常了。

「哈哈哈……」二十面相笑了起來。可怕的笑聲在洞穴裡形成回聲，一時間充斥著整個山洞。不僅如此，五隻蝙蝠也齊聲大笑起來，它們張著血盆大口，齜著白色的獠牙詭異地笑著。

「喂，偵探先生，嚇壞了吧？哈哈哈……，你以為我一直是孤軍奮戰？遇到你們這種難纏的對手，我怎麼能不留一手呢？好了，把你們的手槍和手電筒給我。怎麼樣？不給？哈哈哈……，我想你們也不敢不給，除非想拿那孩子的命來換。快，給我。不給的話，只要我一個命令，就能讓他腦袋開花。」

不用說，那孩子指的就是被大蝙蝠抓住的羽柴壯二。無論如何不能坐視羽柴被他們打死，明智偵探無計可施，默默地把槍遞給了惡賊，小林跟著明智偵探也把手電筒遞了過去，二十面相接過槍和手電筒，又哈哈大笑起來。

「哈哈哈……，大偵探，你這回領教二十面相的手段了吧？你們可以在這兒慢慢反省，一個月、兩個月、一年，或者兩年都可以。哈哈哈……」說完他關上手電筒，不知去向。

留在大家面前的只剩下伸手不見五指的黑暗。黑暗中有搧動翅膀的聲音，應該是那五隻怪裡怪氣的大蝙蝠飛走時發出的聲音。孩子們帶來的三支手電筒早就被二十面相沒收了，現在連明智偵探的那支也交了出去，明智偵探和十一個孩子互相看不見對方，只有在黑暗中摸索著打轉。這迷宮一般的洞穴就算有光線也很容易迷路，更何況這樣瞎子似的亂摸亂撞，洞口離得還很遠，怎麼可能找到呢？不對，就算能找到，途中還有那個被抽去木板橋的深潭呢。

日本第一的大偵探和他著名的助手小林芳雄，以及十個勇敢的少年偵探團員，難道他們只能手牽著手在黑暗中餓死嗎？

—二十面相的下場—

「贏了，我贏了！啊，我這輩子從沒這麼神清氣爽過。今後就是我的天下啦，我想幹什麼就幹什麼。」二十面相關了手電筒在黑暗中穿過熟悉的迷宮，急急忙忙地向洞口走去。他按捺不住心中的快意，不禁自言自語起來。

但他要怎麼渡過沒有木板橋的深潭呢？要去洞口必須渡過那個深潭啊。二十面相走到離深潭還有十公尺左右的地方，就停了下來，打開手電筒往岩石上照去。

「呵呵，這裡有機關，再有名的偵探恐怕也猜不到吧。對，就是這裡，只有我才知道這裡有個標記。」二十面相把手電筒放在地上，蹲下身子，將右手伸進石縫之間，敲了一下，結果如何？他身邊的一塊大岩石，毫無聲響地像一扇門似的打開了，露出了一個五十公分左右不規則的四方大洞，有如一張大嘴，這是一條祕密通道，乍看和周圍的岩石並沒有什麼不同，實際上，這是一個上了顏色的水泥暗門。

二十面相鑽進門裡，又把水泥門恢復了原狀，然後就像一隻鼴鼠似的在暗道裡往前走了十五、六公尺。走到底，打開另一個機關，又有一扇水泥門打開了，他爬出洞外，再將石門恢復原樣。這條祕密通道可以不經過那個深井似的潭。雖說出了這條暗道，洞外還是鐘乳洞內的一部分。二十面相撣掉衣服上的灰土，開了手電筒順著小路向洞口走去。

可是就在他往外走了大約五、六步後，他停下了腳步，天啊，這是怎麼回事？難道是做夢嗎？他面前站著一個人，正雙手叉在胸前瞪著自己呢。各位讀者，你們猜這個人會是誰？實在是太不可思議了，站在面前的這個人就是大名鼎鼎的偵探明智小五郎。

二十面相愣住了，像個傻子似的站在那兒，張大著嘴一時半刻闔不上。不可能，二十面相不是才把明智偵探扔在那個大山洞裡嗎？從那個山洞到這兒，必須像鳥一樣飛過沒有木板橋的深潭，要嘛就是走剛才那條祕密通道。這兩件事都不是僅憑人力就可以完成的。飛越深潭需要一雙翅膀，否則即便是跳遠運動員也跳不過這麼寬的距離。另一方面，祕密通道入口的水泥暗門只有二十面相才知道位置。那麼，明智偵探到底選擇了哪條路，又是如何搶先一步走出來的呢？難道他會變戲法？二十面相越想越覺得有些害怕，莫非眼前笑嘻嘻的大偵探是幽靈嗎？

各位請看，二十面相握著手電筒的手開始發抖了，照在明智偵探身上的手電筒光隨之晃動了起來，這使得明智偵探的身影看上去像幽靈一樣飄忽不定。

「你，你，啊，明智啊！」二十面相虛張聲勢地高聲叫著，也許實在太害怕了，他的聲音居然在發抖。

「哈哈，我是明智。怎麼了？你好像很害怕啊？為什麼這麼吃驚呢？」明智偵探抱著雙臂，上前一步嘲弄地看著怪盜的面孔。

「我，我怎麼可能害怕？你，你怎麼來的？」

「怎麼來的？從洞口走進來的啊。怎麼了？」明智偵探愉快地笑著說。

「什麼？從洞口進來的？蠢話，怎麼可能？你，你剛才不是被我扔在一輩子都別想逃出來的洞裡了嗎？」

「那大概是其他人吧，我剛剛從洞口進來。」

「這，這怎麼可能？我剛才明明……」二十面相眼睛都快瞪出眼眶了，他驚訝地看著明智偵探，恨不得要把他的臉看穿。不過，對方確實是明智偵探，如假包換。

「哈哈哈……嚇壞了吧？我真是太開心了。擅長變魔術的二十面相，今天居然被我的小伎倆耍了。哈哈哈……沒有比這更讓人開心的了。對了，我算冒牌貨嗎？哈哈哈，冒牌貨不是我，是山洞裡面的那位。」

「什麼？你說什麼？」二十面相驚慌失措，他被弄得一頭霧水。

「被你當作明智偵探，帶進山洞深處的那位才是冒牌貨。」

「不可能，就算洞裡光線昏暗，我也不可能上當受騙。更不用說那個男的到我家來和我說過話，而且和我並排著走到洞口，我在陽光下認真觀察過他，根本沒錯。那個人就是明智小五郎。」二十面相像是在自言自語，他還是接受不了這個現實。

「哈哈哈，二十面相今天有點愚鈍啊，還想不明白的話，我解釋給你聽。當我聽說少年偵探團的孩子失蹤了，我第一個就想到了你。我覺得這一定是你的把戲，很有可能是二十面相偽裝成不起眼的人住在鐘乳洞附近，然後把孩子們騙進山洞，再讓他們迷路，最後讓他們走不出來。所以我和警察局商量，讓他們派一個和我體格相仿的員警到這兒來，我們給他穿上和我一樣的衣服，為了不被發現，還給他套上黑色的將軍披風，讓他跟在我的身後悄悄地過來。明白了嗎？到了這裡，我第一眼就看到了你的小屋，就是鐘乳洞嚮導的那個小屋。我馬上走進小屋，和你在屋裡說了幾句話，從談話的細節裡我發覺有些異樣。儘管你偽裝的手段非常高明，但你的表情還是有點不大自然。就靠這一點我確定了你的身分，之後我不動聲色地請你帶我進洞。沒錯，從小屋到山洞前這一段路我們一直並肩而行，但你沒有注意，我們身後還跟著一個黑色的人影。那就是我帶來的冒牌偵探。為了藏起他身上和我一樣的衣服，他從頭到腳都罩著黑色的披風，一直跟在我們身後。你還記得吧，就在我進洞以後不久，我就被岩石絆了一跤，連手電筒都掉了。對，就是那個時候，很短的幾秒鐘，燈滅了，周圍一片漆黑。當然那都是我故意的，你想想我怎麼可能那麼不小心呢，那是為了騙你。我利用短暫的黑暗，迅速和跟在後邊的冒牌偵探調了包。我拿過他的黑披風，悄悄逃出洞外，他撿起掉在地上的手電筒，模仿我的聲音跟你說『沒關係』。哈哈……，明白了？其實就是一件非常簡單的事，就連二十面相也會上當，你毫不懷疑地把冒牌偵探當作我一直帶到了山洞深處，然後扔下他們，洋洋得意地走出來，而我就在這裡等著你。」

面前的這位明智偵探，既不是鬼魂，也不是魔法師，他只不過耍了個騙小孩的把戲。明白了這一切，二十面相又恢復了鬥志，不再害怕，也不再驚訝。對方不過是和自己一樣的人而已，而且他們正一對一。

「呵呵，明智先生還真是下了不少功夫，我差點就進了您的圈套了。不過聽您這麼一說，我可就又勝了一籌。哈哈哈……，喂，明智，舉起手來，不然就讓你嘗嘗子彈的味道。」瞬間強大起來的二十面相氣勢洶洶地叫嚷著，舉起了手裡的槍。明智偵探並沒有掏槍，仍是抱著雙臂，也許他早已做好了應對的準備。真正的明智偵探不像替身那樣驚慌，他把二十面相的威脅當作耳邊風，臉上仍掛著一貫的微笑。

「怎麼?你看不見我手裡有槍嗎?手舉起來,快!」二十面相又重複了一遍,明智偵探這才平靜地回答道:「該舉起手的是你,你往身後看看吧。」偵探的聲音太過平靜,使得二十面相不禁緊張起來,他回頭一看,天啊,不知何時身後已經出現了另一幅景象。三位身穿制服的員警並排站在窄窄的路上,每個人手上都拿著槍,槍口對準二十面相。

再精明的二十面相也被這突如其來的變故嚇到了,突然他推開明智偵探,飛快地向洞口跑去。這時,洞口也出現了幾位同樣拿著槍的員警,正一步一步向二十面相逼近。二十面相走投無路了。不過他畢竟是怪盜,絕不可能不抵抗,他不知道逃向了何處,藏了起來,然後又以最快的速度偽裝成大蝙蝠,一邊嚇唬著員警們,一邊在黑暗的迷宮中左衝右撞。

十五個員警有五個負責把守洞口,所以二十面相想逃出去也沒有這麼容易,他只得在寬敞的洞內左右往返。

真是世上少有的鐘乳洞大追捕啊。

在一小時左右的時間裡,黑暗的洞中上演多樣驚心動魄的戰鬥?就請各位讀者盡情地發揮想像吧。各位讀者只管將自己看過的電影中有關打鬥的場面都回顧一遍,而且這是發生在黑漆漆的山洞裡，由六隻大蝙蝠和十位員警，還有明智偵探以及十一個孩子都加入戰鬥的大場面。

結果，誰取得了最後的勝利呢？相信各位讀者已經猜到了答案。明智偵探這一方總共有二十三人，敵人只有六個，雖然明智偵探一方對洞內的情況不甚熟悉，但他們一個個都是身經百戰的員警，無論怪盜多麼強悍，他們也不可能放跑這六個敵人，不，是六隻大蝙蝠。終於，激烈的戰鬥結束了。那六隻大蝙蝠被員警用繩子把翅膀捆綁得嚴嚴實實的，一個個精疲力竭地倒在寬敞的山洞裡。

曾經在全東京，不，在整個日本興風作浪的兇賊二十面相終於遭到了報應。無論什麼時候，正義總是會戰勝邪惡，壞人終將戰敗。員警們和少年偵探團員在二十面相裝成的大蝙蝠身邊圍成一圈，將手電筒照在他醜陋的身上。完成使命的明智偵探手裡拿著剛從二十面相脖子上卸下來的大蝙蝠腦袋，惡賊的臉暴露在外。

這又是一幅奇異的畫面。只見捆住翅膀的大蝙蝠身體上長著老獵人的臉，那也是二十面相假扮的。有句話叫人面獸心，現在倒在洞中的二十面相無論心靈還是形體，都無疑是這個世上最可怕的人面獸心。

「明智，看來還是你技高一籌，我輸了，這次我必須向你低頭認輸了。」

精疲力盡的二十面相痛苦地扭動著蒼白的面孔，用又細又悲涼的沙啞嗓音嘟囔著，目不轉睛地看著明智偵探。

「先生，您在池尻的樓房裡跟我們約定一個月內破案，沒想到這麼快二十面相就被我們抓住了。」小泉信雄在孩子們身後用清脆的嗓音說道，稱讚明智偵探的偉大。

「對啊，先生兌現了承諾。各位，我們為先生歡呼吧。」這是桂正一快活的聲音。

「先生，萬歲！」

「小林團長，萬歲！」

歡呼聲響徹整個山洞，回聲激盪在岩石上，從四面八方反彈回來，久久不息。

少年偵探團系列

推理文學巨擘江戶川亂步經典作品——《少年偵探團》系列重磅登場！與《怪盜二十面相》正面交鋒；看《少年偵探團》勇於冒險、抽絲剝繭；跟蹤《妖怪博士》、發現重大秘密，再多的危機與謎團，機智的名偵探與少年偵探們總是有辦法！為孩子們寫的推理小說，跟著亂步，當個臨危不亂的小偵探！

怪盜二十面相

江戶川亂步 著　譚一珂 譯

離家十多年的羽柴壯一突然來信告知家人自己要回國，同時羽柴家收到怪盜二十面相即將來偷盜寶石的預告信。羽柴一家一方面期待許久不見的壯一回來，一方面又對怪盜二十面相的犯罪預告惴惴不安。

沒想到寶石仍舊被偷走了。羽柴家向鼎鼎大名的偵探明智小五郎尋求協助，接著竟衍生出一連串意想不到的發展。亂步以明智小五郎以及助手小林的互動，帶領讀者推理故事的情節，並給予少年小林大篇幅的描寫，兒童的機智與勇敢在作品中充分被呈現。

少年偵探團

江戶川亂步 著　曹藝 譯

東京都裡出現了一個渾身黑的怪物，黑暗中會咧開嘴陰森的笑，人們稱他為「黑魔」。黑魔已經陸續拐走幾個五歲的女童，卻又像是抓錯人般的中途放了他們。這些受害者遭到黑魔襲擊的地方，都在篠崎——少年偵探團成員之一的住家附近，篠崎的妹妹似乎也被盯上，更進一步得知家中有個寶石也許就是黑魔的目標！

為了保護妹妹與寶物，篠崎與少年偵探團正式向黑魔宣戰，有了名偵探明智小五郎的協助，神秘的黑魔與寶石的祕密即將被解開。

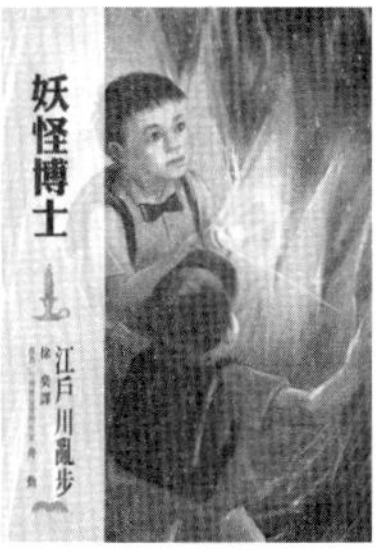

妖怪博士

江戶川亂步 著　徐奕 譯

少年偵探團成員泰二偶然跟蹤了一個形跡詭異的老人，沒想到竟一步步掉進老人的陷阱。老人自稱「蛭田博士」，他將泰二催眠後命令他回家偷出有關國家機密的文件，更將泰二拐走。此外，蛭田博士更綁架了少年偵探團的其他孩子，邪惡的力量正一步步侵蝕著少年偵探團，究竟蛭田博士的陰謀是什麼？大偵探明智小五郎親自出馬，拯救被妖怪博士折磨的孩子們，更進一步揭開妖怪博士的真面目。